垂釣睡眠

鍾怡雯 著

目錄

卷二 可能的地圖

舊日終須記（三版代序）

開車回家的路上，偶然聽廣播。路況播完，主持人說，來，休息一下，進一首老歌。竟然是九〇年代的流行歌曲。九〇年代，老歌？那麼，尤雅、紫薇、潘秀瓊唱的，要叫什麼呢？只好打入上古了。跑步時我習慣聽上古歌，隨它播，意外出現黃清元、黃曉君和張小英這幾個六、七〇年代的大馬歌手。老歌是我的搖籃曲，從襁褓時期把我帶大。沒想到跑步讓我與它們重逢。久違了。聽著聽著便跑進時光隧道，穿越時空回到萬嶺新村，我的黑膠時代，彌漫著菸味和酒氣的老房子客廳。

歌是唱盤轉出來的，潘秀瓊低沉的嗓音唱〈梭羅河之戀〉，〈情人的眼淚〉，〈家家有本難唸的經〉。歌聲裡有什麼似曾相識的場景和情感，挑動我的神經。姚蘇蓉〈今天不回家〉，高亢有力的聲音把不回家這事唱得很歡快。不回家。不回家怎麼會那麼快樂啊？還有更老的周璇，我記得唱片封套和尖細嗓音，卻完全想不起歌名。祖父是DJ，他播什麼我聽什麼。這點他比父親開明，父親把所有跟情愛有關的歌斥為靡靡之音，兒童不宜。但是他不敢忤逆他老爸。

靡靡之音還真讓人著魔。唱盤是潘朵拉的盒子，打開情感的誘惑，讓人模模糊糊識得百般人間情愁，製造飄渺憂傷的情緒，讓人發傻讓人痴，蠱惑小人兒的心。不要小看那些似懂非懂的歌詞，它們伴著旖旎的旋律撩撥小孩的情感，催熟善感的心靈。

還有大人的閒聊。沒有電視的年代，識不得幾個字的年紀，大人開講就是我的活動故事書——我指的是客人——家裡的大人一開講多半沒好事，等著吵架吧。家裡來人，氣氛馬上輕快起來。許久不見的親戚，搬走的鄰居，左鄰右舍。登門造訪的閒情如今看來也很上古。客人進門，祖母總會說，按有閒來寮。有閒才會來玩，那是當然。也不盡然。應該是有閒有情，現在的人不時興登門造訪。連電話也不打，寫伊媚兒傳簡訊，甚至連文字都簡省，給個表情完事。更糟的如我。出門忘了帶手機，電話漏接，簡訊沒看。人不找我我不煩人，清淨得很。說實在的，也挺惹人嫌。

祖母跟我不同。她喜歡熱鬧，喜歡人。可能因為足不出户。瞎子沒人陪，如何出得了門？大概也因為這個緣故，家裡常來人。訪客總是突然出現。沒有電話的年代，上門碰運氣，但是祖母總是在。除非拔牙。她聞到汽油味會吐，非不得已不出遠門。很小我就發現，女人聊天很有戲，她們會鉅細靡遺的形容，描繪諸多細節，誇張情感，勇於表達，聲調高低起伏，有說有彈。不放過瑣碎，不厭倦複製，敘述工夫一流。陳年舊事家務事，電影和明星，煮菜做飯，衣料和款式，小孩孫子，什麼都來。百科全書式的聊法，很厲害。永遠猜不到主題，也沒有敘事脈絡可言。傻啊辛苦啊蠢到死，沒爛用也脫口，百無禁忌，聽得我嘿嘿嘿悶笑。

男人嚴肅多了。三句之外一定兜回政治和工作，錫價和膠價，一定有火箭黨。鍾家男人，尤其是祖父在，氣氛哪裡歡樂得起來。桂花村姑婆來了都沒用，終日菸酒為伴的男人能有什麼好話。聊著聊著，桌子底下、籐椅邊的空瓶子開始排隊，菸灰桌上地下天女散花。菸屁股很快把菸灰缸屙滿了。酒進入身體再從呼吸和毛細孔散出來，整個客廳浸潤在酒氣菸味裡。即使祖父返錫礦場做工，人不在氣味依然，所有的擺設，連同籐椅大概都薰染了陳年菸酒氣，掛在牆上的曾祖父母也一臉醺醺然。

上門的隊伍裡，二婆排第一。她是父親和姑姑們的乾媽，住村子另一端的火車站旁。以前家裡的老相簿好像存著她和祖母年輕時的合照。父親和姑姑叫她二媽，我們二婆二婆的叫，我一度以為是祖父的第二個太太。祖母說眼睛還光時，割完膠她們會偷閒去看電影，因此很可以話當年。

二婆很福泰，身和臉一樣滾圓結實，笑的時候一隻金門牙閃呀閃。無袖的客家花衫探出兩條臂膀豐潤多肉，搧風時一抖一抖的肉浪。最奇特的是她戴眼鏡，鑲金邊，垂下一條及胸鍊子。那年代戴眼鏡的女性長輩很少，她的造型跟整個粗野的客家村很不搭。二婆嗓門既厚且亮，沒進門便開喊，人呢，有人沒？在天井都聽得見，打水的聲音掩蓋不了穿房廊而過的中氣十足，可以去唱歌劇。鄉下總是門戶大開，沒人在家或者天黑才關門，直接進來便是，她偏要練嗓。

萬嶺新村不大，路呢，也一點不遠，二婆還是喘。她從腋下抽出手帕擦汗，笑得像彌勒佛，喊我阿雯。有時她會帶兩包萬里望花生，最有名的手標。包裝上一隻very good的手勢，祖父的愛牌，喝酒標配。手標花生真好吃。如今被記憶和時間的氣味調製過，就更香了。記憶的香氣總是無敵且無理。

二婆是祖母的記憶之鑰。她一來，祖母的從前都活過起來了，混濁的眼睛彷彿有光。她們聊一些我認識和不認識的人，這個長那個短，一些很老很老的古仔，她們的上古時代。這裡痛，哪裡不舒爽，哪個女兒給她們裁了布要做新衫。談談笑笑，有時也感嘆，家家有本難唸的經。她們給了我老歌一樣的早熟人生。

早熟的人生滋味。健力士啤酒，555牌香菸。苦加嗆。大人把健力士叫烏狗啤，又直接用英文說guinness stout，小瓶裝。後來我才知道它是愛爾蘭啤酒，大概是殖民地遺緒。查到它的來歷時，台灣啤酒已經成了我的最愛。那時候我們家一打一打買。鍾家男人嗜喝黑啤，從祖父到我弟，鍾家女兒也從小熱愛此味，只有母親例外。苦得要死，有什麼好喝。完全不碰。別人家小孩喝牛奶吃冰淇淋，唇上一抹乳白，甜而天真。烏狗啤純白的泡沫底下是黑色深淵，穿越苦的表面入喉還更苦，沒有苦盡甘來不說，末了，猶在舌尖喉頭落下悠長的苦韻，足夠回味一輩子。鍾家女兒吃苦耐勞是不得不，苦酒竟然還要搶，也不知道是怎麼了。還好我們不愛555，不然養出半打既酒又菸的不良兒童，未來難測。長大之後我們都能喝上幾杯，不曉得是遺傳抑或早年的訓練打下的底。問過眾妹妹，都說不再喝烏狗啤。往事不要再提。最好也不要回首。

偏偏聽老歌。記憶跟著老歌轉來轉去，一些久遠的畫面，一點無謂的情緒。好在只跑步時聽，不然連出土文物這個詞都不夠用，得想個更老朽的。也幸好來到這個年紀，不在乎當文物，管它出土還是上古。二十幾年前，剛開始寫作之時，一些陳年舊事來不了我筆尖。總是擦邊球似的寫，閃開最尖銳最揪心的場景和對話。記性好根本是懲罰，記得的人活該。我選擇繞過。

二〇〇五年跟老五回新村，曾經熱鬧的街場空無一人，鋪過柏油的馬路破敗灰槁，跟街上走著的黑狗一樣落寞。新村版的馬康多。昔日回家的小徑野草及人高。老樹爬滿野籐。老屋殘破，門前的水泥地裂縫這裡一點那裡一叢長出野草。野草倒是精神得很。徵得屋主同意進屋走走，只有爬滿青苔的老井依舊，映出一片明媚天光。房子賣得五千馬幣，多年來買主連餘款都沒還清，大概也不準備還吧。

生活不易啊。

忘記更難。所以有了《野半島》，我的第六本散文。銷路最好的《垂釣睡眠》是我的擦邊球，後記留了個尾巴，題為〈渴望〉，述及油棕園的陽光、晚霞和氣味，還說自己是天地寵愛的女兒。一九九八年出的第二本散文，時日久遠，竟然也有這一天，不得不重讀自己。重讀自己的舊作跟翻開舊照一樣令人驚嚇。

舊日不須記，舊作最好收在書櫃裡，書一旦出版，那就化為昨日風煙，散散去。不得已重看，只好快翻。某些場合被問及寫過的這個那個，有些很久遠實在記不得，問的人訝異，寫的人尷尬。篇名是記得的，細節忘了。有時也很懊惱自己寫的竟然忘記，唉呀。

後記還是有點用的，給自己留點線索，提個醒。

可以稱那段時間偽安逸時期。因為從前太艱難。難寫也不曉得該怎麼寫，只好暫時擱置。眼下過好日子比較重要。寫《垂釣睡眠》時二十幾歲，在新店美之城租房子。日子過得很緊，時間分給讀書和工作，養活自己兼寄錢回家，經濟跟未來都令人徬徨。雖然如此，精神卻很純粹，那時期的散文像精緻的甕。寫不了從前寫眼下，反正寫生活是散文的本能。然而總忍不住溜回舊時光插入一兩筆。最常出現油棕園，它滋養我的靈魂，成為骨血，我的老本。

《垂釣睡眠》第二次改版是二〇〇六年，由三十二開本改為二十五開本。這是第三次改版，決定寫個新序。最終完成的卻是時間的哀悼文。

順帶一提。鍾家六個女婿沒有一個抽菸，也不喝酒。本來有一個，後來也離掉了，換個不菸不酒的，連咖啡和茶都少碰，清教徒似的。全都以祖父為相反的擇婿榜樣。祖先影響後代的命運，看來是真的。

鍾怡雯　於二〇二二年十二月

想像之狐，擬貓之筆

——序鍾怡雯《垂釣睡眠》

焦桐

一九九七年的台灣文壇，鍾怡雯無疑是備受矚目的散文選手，她不但同時勇奪難度相當高的時報文學獎、聯合報文學獎的散文首獎，也在這一年獲得華航旅行文學獎、梁實秋散文獎，和馬來西亞星洲日報文學獎散文推薦獎。

中國時報、聯合報文學獎之所以備受重視，跟社會體質、作品出版管道有關。缺乏知名度的年輕人想要在文壇露臉，委實困難重重，兩報副刊的版面又非常擁擠，一個新進作家想讓自己的名字經常出現於兩報副刊不容易。因此文學獎的得獎就是一條捷徑，是文藝青年一夕成名的捷徑。我曾在一篇論文裡指出：台灣這些文學獎的存在，尤其是影響力最廣泛深遠的兩報文學獎，具現為一種權力位階的生產，評審被世俗化為德高望重者，參賽者被世俗化為有待提攜的後進——只有獲獎者才能靠那名聲晉升位階，甚至轉而擔任評審，獲獎者的名聲不是孤立的榮譽或金錢利益，它通過媒體的權力操作，取得某一種合法性的位階。這種尊卑關係在每一次的文學獎活動中重複生產出來。換一個角度看，在徵文比賽中，得獎者對落選者而言也是有權力的；得獎者的權力表現為一種無意圖的影響（unintended influence），影響後來再參賽者的寫作手段。

長期以來因為有機會主辦、評審文學獎，我知道許多年輕人每年剛好寫了足數徵文比賽的作品，卻鮮見其他作品發表，好像文學創作的目的只是得獎。這幾年，台灣重要的文學獎徵文，鍾怡雯幾乎無役不與、攻無不克，她的文學成績和聲名，早已不是等待提攜的「文壇新秀」。令人敬佩的，並非她囊括了多少散文獎項的成績，而是在參與這麼多文學賽事之餘，還能保持豐沛的創作力，持續發表，量與質俱佳。我知道她是一個用功讀書的寫手，參賽之於她，顯然希望能保持選手身分，那是一種勇於跟其他寫手同台競技的運動精神，一種保持高度創作警覺的自省能力。據我多年來對台灣文學生態的觀察，這樣認真思索、仔細創作的人才恐怕是值得嚴加保護的稀有種了。

《垂釣睡眠》是鍾怡雯的第二本散文集，收錄二十篇規模相當一致的作品，在藝術性較第一本散文集《河宴》有令人驚異的躍進。裡面多數篇章心思細膩，構思奇妙，通過神祕的想像，常超越現實邏輯，表現詭奇的設境，和一種驚悚之美，敘述來往於想像與現實之間，變化多端，如狐如鬼。〈髮誄〉裡的一頭長髮「耍起脾氣來是隻固執的鬼」，「老是要以那媲美狐狸尾巴的優雅線條，較暗夜更鬼魅的髮色，以及令禮教不安的儀態而沾沾自喜」；〈說話〉的敘述者在換水時，發現魚缸裡的水竟是魚魂和語屍，是金魚所「傾吐的心事，或許還浸泡著幾十尾魚兒的遺言和魂魄」。

也許是鍾怡雯在描述周遭的事物時慣用比擬（personification），她筆端的天地萬物皆有生命和情感，和敘述者互相感應、對話；她總是設定相愛相纏又相怨相斥的兩方，使得美麗與哀愁、親密與疏遠纏綿不休，抽象如〈忘記〉裡描述遺忘「是一種會繁殖的細菌，它逐漸吞噬了記憶的領域」；具象如〈說話〉裡陽台上「老是蠢蠢欲語」的植物；和魚缸裡死到剩下最後一條的金魚，不但會

「吐悶氣」，還亟欲交談。敘述者似乎總是能夠洞悉它們的精神意志，經常和它們對話、抬槓、拌嘴，形成精神良伴；〈傷〉描寫手臂上的瘀傷，「像小妖一樣玩起變色的遊戲」，描寫左腳大拇指踢到石頭受創流血，「腳趾頭戴了一頂俏皮的豔紅小帽，傷口齜牙咧嘴對我笑，鮮血在快樂的唱著雄壯的進行曲」；〈垂釣睡眠〉描寫失眠，竟是睡眠離家出走，「迷路了，或者誤入別人的夢土」……等等。

更準確地說，鍾怡雯慣用的比擬是一種擬貓法——萬物多像是她豢養的寵物貓：身體柔軟，卻具有銳齒利爪；楚楚依人，卻難能完全馴服。我不知道她何以如此愛貓？貓的身影卻頻繁地出現於文本，在〈換季〉裡，午後的陽光很有「脾氣」，是一頭「性嗜傷人的暴獸」，當夏秋之交，「夏的爪牙翻天覆地不甘心地喧鬧」；〈鬼祟〉裡的襪子不但有著鬼鬼祟祟的脾氣，賊兮兮地，鼠性十足，是她家貓咪最喜愛的寵物；〈可能的地圖〉則處理一段溯源之旅，追尋祖父生活過的小村落，卻每天徒勞往返，敘述者每天早晨頂著朝陽出發，沐著夕照踏上歸途，連那陽光也是貓性十足，「像條大白舌頭，舐走希望，留下日益深厚的困惑和沮喪」；〈髮誄〉裡的頭髮更是有知覺、有獨立意志，貓一般，糾纏著主人。

貓的意象如此繁複地充滿文本。又如〈傷〉描寫一種令人神傷的眼神，「專門勾人的三魂六魄，也令人忘卻牠藏匿在優雅舉止中的爪子。總要等到牠無情的抽身離去，才赧然發現記憶裡血色飽滿，楚楚動人的爪痕」；〈癢〉以皮膚過敏為引，描寫早晨醒來臉頰出現兩條抓痕，「那痛楚亦十分懂事，好像是竭力忍著，不得已才痛一下，盡量避免我嫌棄它」，「那癢是過度寵溺的小孩，愈疼它便愈放肆」，因此，癢便有著貓一般的性格和脾氣，她說，「我多麼羨慕貓兒抓癢時那種瞇眼打呼，全然陶醉的幸福。一隻健康的貓從抓癢裡享受全然不假外求的幸福，那認真的表情彷彿在說：啊哈！我『抓』到這個『癢』了！」。此外，〈時間的焰舞〉裡敘述者燃燒收藏多年的信件，那剛點燃的火苗「小心翼翼舔了那張嫩黃的紙張，好像在試吃新鮮的乳酪」；〈禁忌與祕方〉述及迷信與知識開發的程度相關，人跡罕至的地方有較多的禁忌和民俗療法，資訊普及的城市則難得逮到禁忌與祕方「一兩隻畏畏縮縮的小爪牙」，諸如此類的例子俯拾皆是。

鍾怡雯擅長比喻，她的散文語言常見詩語言的豐富表情，如使用某一詞來表達多重的態度和情感的歧義性（ambiguity）。在〈換季〉裡，她描寫大自然的季候更迭，其中重疊著一段情感生活的失落變易，情感的變易中又重疊著身體、思想、觀念的轉換，因此夏天和秋天在本文裡遂形成語義重疊（multiple meaning）。

這種複義語言總是通過局部特寫來彰顯，尤其是由小觀大的功力，如〈徊盪，在兩個緯度之間〉描寫台北、吉隆坡兩個國際化中的都市，是聚焦在台北來表現的，而描寫台北其實是描寫師大路，師大路的面貌又通過味覺來彰顯——記憶裡馬來攤子的炸curry puff，比較了台北麵包店的咖哩角；記憶裡的馬來人情掌故，比較了台北街頭的人情掌故；青少年的生活經驗，比較了負笈台灣求學的生活經驗。多層次的描寫技術，表現繁複的情感，於是鄉愁的滋味，摻進了情感的滋味、土地認同的滋味。

貓的嗅覺自然是敏銳的，氣味，在擬貓高手鍾怡雯的散文藝術裡，就占有舉足輕重的地位，〈驚情〉對一封情書的記憶竟然是氣味，「它笨笨傻傻的氣味，令人想起帶點油垢味的木料地板，肥滾滾的小黑狗沒命地搖尾示好，或是企鵝走路的滑稽」，她藉這種「笨笨的氣味」描繪追求女孩的青澀少年，展現特立獨行的敘述手段。

鍾怡雯擅長用氣味來挖掘記憶，用氣味思索，甚至營造狐鬼般奇詭的意境。這是一種文字嗅覺，也是貓性的延伸。〈茶樓〉處理氣味就十分精采，敘述者追憶童年時期的舊茶樓，從氣味出發，筆觸乾淨俐落，身手不俗——「茶樓的空氣總是瀰漫著一股特殊的味道，像曝晒過度的乾柴、龜裂的泥土。我一直以為那就是『老』的氣味，這種氣味和咖啡、麵包、砂糖混合得十分融洽，復與沙啞、粗俗乃至不入流的談話契合無間。」這自然是一種懷舊的氣味，只藉氣味，竟神準描繪茶樓的市井風光，和人情世故。此文描寫「老」非常傑出，敘述者童年在茶樓吃燒賣配菊普茶，那壺茶，「暗褐色的茶湯上浮著一朵飽蓄水分的黃花」，除了味覺的享受、養生的意義，更有著視覺的美感，「偶爾菊花一動，像老者混濁的眼神被記憶的靈光觸動乍現的一閃清光」，短短幾句，從容出入物與人之間，文字飽滿，寓意極為豐富，對全文所鋪陳和渲染光陰之推移、人事景物之變遷、心境之更改有畫龍點睛之妙。

〈漸漸死去的房間〉對人事的追憶和懷念，也通過氣味來實踐。敘述者藉家裡一個毒瘤般的房間，憑弔住在這房間裡的兩個人——自殺身亡的曾祖母，和滿姑婆。由於曾祖母長年臥病、排泄失禁，被家族隔離在一個陰黯、汙穢的房間，敘述者以氣味來經營這個房間的氛圍，那是一種生命腐朽的氣味，「混濁而龐大的氣味，像一大群低飛的昏鴉，盤踞在大宅那個幽暗、瘟神一般的角落。」鍾怡雯經營的這種氣味不僅表現於嗅覺，更高明的是表現於聽覺，如滿姑婆「低緩的嘆息總是無所不在：『她養了我這麼多年⋯⋯』它與混濁的氣味攪拌之後，充塞大宅。」嗅覺攪拌聽覺，使得記憶中的氣味更加濃重，徘徊不去，這種手法，帶著聊齋般的狐鬼氛圍，正是鍾怡雯揉合想像之狐、現實之鬼的文字魅力。

這樣的文字魅力表現在描繪景物上，十分可觀，如〈茶樓〉藉著幼童的眼光，觀看早晨老人們聚集的茶樓風光，「無數分《南洋商報》和《星洲日報》的上半身銜接一雙雙粗細不同顏色不一的腿」，這種狀物功力要配合靈敏細膩的觀察和想像，等閒不能至。鍾怡雯的想像，帶著記憶的景深，很是幽邃。

她在〈時間的焰舞〉自述少女時代作文，虛構了許多故事，「把自己置入想像的情節，不斷修飾和重塑，以分歧的面貌和不同的個性去參與虛構的遊戲，藉此遊離和逃避現實的無趣」；又如獲第十九屆聯合報散文首獎的作品〈給時間的戰帖〉也是一篇虛構性質濃厚的散文，她在得獎感言中說：「我不喜歡讓散文正面洩露真實的生命經歷」。虛構與否，其實很難檢證，散文雖然帶著較濃的非虛構特質，我們卻難以求證創作文本和現實文本的真實程度。文學是另一種真實。鍾怡雯如此歡喜以虛構的辦法經營散文藝術，曾再三表露這種創作取向，我猜想，虛構是她開展想像的敘述策略，企圖使想像的景深幽邃；此外，這個辦法顯然充滿叛逆的樂趣，對散文的非虛構特質進行地下革命，並逼使讀者的偷窺慾鎩羽而歸。

從《河宴》到《垂釣睡眠》，鍾怡雯繼續致力於局部特寫、複義語言的開發，除了感動抒情的基調，更多了議論層次，如〈說話〉從敘述者和一尾金魚相對欲言，思索語言與情感之間的糾葛和依存，並略帶批判地反省創作倫理，基本上這篇文章旨在立論語言，語言的功能與困窘，寂寞，和沉默的美德；〈傷〉論述具體和抽象的傷痛，知感交融；〈癢〉喻發呆為抓癢，形容癢為生生不息的意念，從而展開議論。最明顯的例子莫非〈門〉，敘述者為了畢業論文，來到偏僻的深山村落，為避免受打擾，乃在借居的房舍裝置一扇門，然則「門違反了他們坦蕩蕩的生活習慣」，「反而挑起了人類與生俱來的偷窺慾與好奇心」，敘述者從田野調查出發，聚焦在對「門」具象、抽象的思考，從裝門的經驗、文化差異、人際關係，到國家民族之開放改革與閉關自守之間展開辯證。

全書大致上維持低緩的基調，〈癢〉和〈驚情〉則呈現稍強的輕淡、流暢、幽默感。尤其〈驚情〉是應聯合文學製作情人節專輯而作，寫情書的故事，輕易就會纏綿悱惻或感傷浪漫，然則鍾怡雯卻逆向操作，渲染少女懷春的夢想如何被隔壁班男生的情書所摧毀，將可能形成的一齣愛情肥皂劇，巧妙扭轉成青春爆笑劇。這種效果是修辭策略的轉變，包括語言的輕淡感，和故事的輕淡感。《垂釣睡眠》分為兩卷，卷一大抵記述台北生活的感思和體悟，裡面頗有另創格局的佳構；卷二稍稍延續了《河宴》的精神面貌，營構赤道雨林和南洋時期的生活圖景，不同的是蘊含更深厚的人文情感，和對文化與歷史的關照。

卷一　時間的焰舞

說話

魚缸剩下碩果僅存的一尾金魚。在前後總共養死幾十尾大小不同的魚族之後，這尾貌不驚人的傢伙以頑強的生命力活存下來。儘管如此，牠卻有些「遺世而獨立」的落寞，一種倖存者的孤單。然而我卻沒有勇氣再爲牠添加伙伴。四呎寬的魚缸除了打氣筒在一角自得其樂的吹泡泡，再無其他物件，也因此讓透明清澈的寂寞占去大部分的空間。金魚爲了表示牠對打氣筒的認同，不時游到水面學它吐悶氣，同時躲避無所不在的寂寞。尤其當我探首過去，牠常常把半張魚臉伸出水外，嘴巴急促的一張一合，那麼熱切的要與我交談。

我默默的凝視牠，彷彿讀懂了那急切神情中所蘊藏的悲哀。換水時，想到那裡面都是牠傾吐的心事，或許還浸泡著幾十尾魚兒的遺言和魂魄，於是瓢水的手勢便不禁猶豫，速度也緩慢下來。後面陽台的植物老是蠢蠢欲語，是不是因爲澆灌了那些死不瞑目的魚魂，和永不腐化的語屍？牠們化身鐵線蕨和黃金葛水亮細嫩的新葉和幼芽，用細弱的枝葉比劃著手語，不時發出似有若無的嘆息。伏案讀書的我有時不免怵然驚悚，是誰？究竟是誰在我耳畔喁喁？那語絲若隱若現，我心念方動，它便霎時消失了蹤跡，留下微微擺盪的末梢，還勾動不滿足的好奇心。剛搬到山上，左鄰右舍都是一張張陌生的臉譜。電信局遲遲沒有來牽電話線，似乎故意要我過一段遺忘世界也被世界遺忘的日子。反正沒有甚麼非說不可的話，也沒有迫切要聯絡的事，暫時離開糾結的人際網絡，我樂於過著不必交談、不必說話的自閉日子。後陽台零星散置一些被遺棄的鐵線蕨和黃金葛，略顯乾枯的葉子可憐兮兮的跟我討水喝。角落那頭一個四呎寬的魚缸，讓從未養過魚的我忽然興起養魚的念頭。那些可憐的魚兒就是這一念之差的犧牲品，直到剩下孤單的一尾和我相濡以沫。

由於生活中幾乎沒有交談的對象，我只好常常和金魚默默相望，漸漸的在魚兒身上看到了我，以及圍繞著我的龐大空虛和寂寞。我體內積累愈來愈多過剩的話語和想法，慢慢阻塞了我的頭腦和心房，一如空氣持續撐脹已經過飽的氣球。一次泡茶時，在喧譁的沸聲中，我忽然「聽到」自己正嘀答盤算的念頭衝口而出。那聲音撞擊著繃緊的空氣，帶著金屬的冷酷音質，這才發現過飽的話語沿著喉嚨溢出了脣外。我立刻放下抓在手上的茶葉，小跑步到半山的雜貨店，買了些並不眞想吃的零食，眞正的目的是想找個人說話，好讓我釋放話語的殘渣。雜貨店的貓不停的在我小腿摩挲示好，於是我買了一罐狗罐頭回報牠的饞嘴，同時努力在腦海翻找一些適當的形容詞來稱讚牠。一直皺著眉頭的老闆娘因爲賺了我的錢又省了一頓貓食，外帶得到一筆額外的稱讚，臉色立時緩和許多，跟我搭訕說了些埋怨天氣的話。我拎著一塑膠袋東西往回走，邊揮汗邊想，還好，還有說話的能力，然而鬱悶的感覺並未散去，彷彿梅雨季的黏身悶雨，我陷入膠著的思緒。

放下東西，卻沒有放下累積的沉鬱。我走到後陽台，聆聽金魚無聲的吐氣。天空迅速挪來大片大片的灰雲，一如布滿心湖黑壓壓的話語。它們如今在我腦海某個地方形成了沼澤，結合了情緒，發酵後悶在心窪裡，就像魚缸裡堆積的語屍，需要不斷的排放、更新，而我的卻只能不斷的沉澱。

我學金魚吐氣，沒有氣泡，只有一聲悶呃，那裡面藏著無可奈何的情緒。我只得在書桌前坐下。書房井然有序，正好對比心裡未經語法整理的紊亂情緒。此刻若有電話，就可把這些稱之爲「無聊」的東西排放出來，就像暴雨過後的滔滔洩洪；好比此刻，天空掛不住超載的烏雲，就老實不客氣的把雨水嘩啦啦傾下。連鐵線蕨和黃金葛都學會抽芽長葉，釋放魚魂寄居的嘆息，唯有我不停的滋生說話的慾望，這樣一來就像吃下過多食物的胃囊，難怪會消化不良而無所適從了。於是我開始寫信，藍色的憂鬱和黑色的苦悶用原子筆排泄出去。這樣的「清理」工作就像丟棄發臭的垃圾、擦去地板的灰塵、餐後抹掉桌子的殘羹，否則就會惹來蟑螂螞蟻，我愈來愈髒亂的心窪難怪會養出一隻難纏的小鬼，不停來啃噬我軟弱的心房。

我翻開通訊錄，選定了一位住在德國的朋友，開始長篇大論抒發獨居以來的觀感。那感覺痛快暢流如午後驟雨，霎時淹過六張航空信紙，薄如蟬翼的信紙幾乎承載不住超重的情緒。我邊寫邊想像朋友收到信時，會如何被突如其來的澎湃情感所驚嚇，繼而感動莫名，把來信反反覆覆的看上幾遍尋找玄機。這封信寫來眞像談戀愛時，整個世界爲之傾斜的奔放，筆勢一發不可收拾，恰似一把大火熊熊燃盡堆積的枯葉廢紙，充滿引刀成一快的大氣淋漓。這才眞正體會我那位正處憤怒中年的高中老師，爲何總以「不吐不快」的理由理直氣壯發牢騷，大力抨擊校務和政治，並且絲毫沒有因爲占用上課時間、影響學生學習權益的愧疚。這背後同樣是「清除」的生理本能——清除心裡的垃圾，保持生活的平衡和心理的健康，並不需要套上知識分子勠力扛起時代重任，不滿現狀之類的道德使命傳統。

這實在是「人」的麻煩，同時也是會說話的麻煩。打從牙牙學語開始，人們就會用聲帶來製造聲音垃圾，那種或可名之爲「噪音」的東西。看那位老師雄辯滔滔的樣子，儼然是一位說林高手。可惜他生錯了時代，倘若在春秋戰國，會是蘇秦張儀之流的說客，太史公將爲他立傳，讓他的名嘴永留史冊。這位現代說客在五年後靠著他的舌頭當上了市議員，充分滿足他說話的慾望。

即使在人跡罕至的山上，也躲不過令人厭煩的聲音。那群大嗓門可能剛做完運動，或是飯後散步，不但用垃圾，也用聲音汙染美麗的朝雲晚霞和滿山翠綠的樹木。可憐的花木吸納了他們呼出的混濁二氧化碳，還要接收絲毫沒有美感的東家長西家短。同樣是說人長短，人物品評在六朝卻是可以提升到藝術境界，寫成一部風流倜儻的《世說新語》，而我們自甘墮落，讓說話變成令人厭煩的生理本能，降位至等同蚊子蒼蠅的嗡嗡之聲。我把這些牢騷付郵時，竟發現超重到要付四倍之多的郵資。信入郵筒發出一聲輕嘆，好像代替我打個滿意的飽呃。郵差定時替郵筒清除體內的信件，就像我不時要幫金魚換進新鮮乾淨的清水，潑掉擁擠的語渣，這或許是金魚得以好好存活的原因吧！

夜裡雨勢加驟，天空還在排放它的憂鬱。著作等身的人也是，他們排泄出大量的語彙和句子去謀殺樹木，好滿足表達的慾望，讓印刷精美的書籍去散播他們的嘮叨。幾千年前一時心軟的竹子立下承諾，善良的樹木至今都必須犧牲生命承載人類的喋喋不休，從眞誠到虛僞，從不知所以然的憂傷到整個時代的憂患。譬如《史記》，那裡面滿載歷史和時代的重量，以及讀書人的自省和憂患。直到現在，竹林裡那些簇擁著的竹葉，仍然一代又一代的傳唱著不朽的史詩，就像多少年來人們在課堂上聽授一遍又一遍的《史記》。當我捧著兩公斤重，瀧川龜太郎會注考證的精裝《史記》時，不禁遙想當年太史公揮筆疾書的心情。他把心裡對歷史和時代的焦慮提煉、轉換成文字，一筆一畫流淌到謙卑的竹子上，讓它們慢慢撫平一顆躁鬱的心。

記得上史記課那天，我除了手抱那本大書，背包裡還有厚度同等的《說文解字》。我有時不免想以它們爲枕，如此時代相去不遠的太史公和許慎還可以聊天，抒發心中的鬱悶。許慎會面露喜色的講解他那套偉大的造字原理，太史公則會疾言厲色爲歷史抱不平吧！也許那是一個各說各話的場面，太史公是那樣一個有民族使命感的知識分子，不能立德立功，退而立言，當有滿腹的牢騷要傾訴。至於許慎，也是一個愛說話的人吧！否則他怎麼會去寫那樣一部和文字有關的大書，還要絞盡腦汁把那麼多的文字分部歸類呢？

後來我由學生變成老師，面對身上老是寄生著瞌睡蟲或跳蚤的學生，不是睡覺就是不安分地動來動去的時候，多想變成說書人柳敬亭，把課文視同精彩的話本小說或戲文，用擲地有聲的音質和唱作俱佳的肢體語言，讓寄生的睡蟲跳蚤悉數驚走，嘗嘗逞口舌之快的酣暢。那些在市井說書的人一定也十分耽溺這種說話的快樂，在觀眾七情六慾搬演的表情上得到無上的滿足感。

然而我總覺得自己的頭腦和舌頭之間缺乏搭配的默契，自然也就不會有說書人的群眾魅力。幼年的我伶牙俐齒，親戚朋友都認爲我遠較同年齡的小孩能說善辯，嘴巴特別甜，遇見誰都用抹過蜜的辭語殷勤問候，頗有靠嘴吃飯的潛力。這樣說來，不知是幼年的我背叛了自己，還是成年後的自己背叛了能言善道的童年。我總覺得有一個無底的黑洞把該說想說的話都吸納進去，抱著多說不如少說，說了也不增加減少甚麼的想法，終於讓許多話語在心裡沉澱，於是那塊地方便形成了不停冒泡的沼澤。

獨居的那段日子更能感受到沼澤愈形濃稠。當我和金魚無言以對，總能從彼此的難言之隱感受到一絲相濡以沫的溫暖。人類一旦進入語言的牢籠，就毫無選擇的要用它疏通情感，然而情感又會鬧情緒不想說話。也許這是一種懲罰吧！上帝造人之初就設定了這樣一個矛盾的程式，人們最終要因爲說話的代價而在語言的泥沼裡掙扎浮沉。

電話線接上，四面八方掩至的話語讓我應接不暇，好像自己是潛逃的罪犯，突然被尋獲了，必須解釋逃逸的原因，接受不停的質詢，又要說明亡逸的日子做了些甚麼。我握著聽筒有些不知所措，不斷的搜尋救援的語句，同時聽到心裡那塊沼澤又開始不停的冒泡。突然我竟十分渴望再度回到與金魚相伴，想說話時就寫信的寂默日子。

——原載一九九七年十一月十九日《中華日報》

（本文獲第十屆梁實秋文學獎散文第三名）

垂釣睡眠

一定是誰下的咒語，拐跑了我從未出走的睡眠。鬧鐘的聲音被靜夜顯微數十倍，清清脆脆的鞭撻著我的聽覺。凌晨三點十分了，六點半得起床，我開始著急，精神反而更亢奮，五彩繽紛的意念不停的在腦海走馬燈。我不耐煩的把枕頭又掐又捏。陪伴我快五年的枕頭，以往都很盡責的把我送抵夢鄉，今晚它似乎不太對勁，柔軟度不夠？凹陷的弧度異常？它把那個叫睡眠的傢伙藏起來還是趕走了？

我耍起性子狠狠的擠壓它。枕頭依舊柔軟而豐滿，任搓任捶，雍容大度地容忍我的魯莽和欺凌。此時無數野遊的睡眠都該已帶著疲憊的身子各就其位，獨有我的不知落腳何處。它大概迷路了，或者誤入別人的夢土，在那裡生根發芽而不知歸途。靜夜的狗嗥在巷子裡遠遠靜靜的此起彼落，那聲音隱藏著焦躁不安，夾雜幾許興奮，像遇見貓兒蓬毛挑釁，我突發奇想，牠們遇見我那蹺家的壞小孩了吧！

我便這樣迷迷糊糊的半睡半醒，間中偶爾閃現淺薄的夢境，像一湖漣漪被一陣輕風吹開，慢慢的擴散開來。然而風過水無痕，睡意只讓我淺嘗即止，就像舐了一下糖果，還沒嘗出滋味就無端消失。然後，天亮了。鬧鐘催命似的鬼嚎。

我從此開始與失眠打起交道，一如以往與睡眠為伍。莫名所以的就突然失去了它，好像突然丟掉了重要零件的機器。事先沒有任何預兆，它又不是病，不痛不癢，嚴重了可以吃藥打針；既不是傷口，抹點軟膏耐心等一等，總有新皮長出完好如初的時候。它不知為何而來，從何處降。壓力、病變、環境太亮太吵、雜念太多，在醫學資料上，這些列舉為失眠的諸多可能性都被我否定了。然而不知緣起，就不知如何滅緣。可惜不清楚睡眠愛吃甚麼，否則就像釣魚那樣用餌誘它上鉤，再把它哄回意識的牢籠關起來。失眠讓我錯覺身體的重心改變，頭部加重，而腳下踩的卻是海綿。感覺也變得遲鈍，常常以血肉之軀去頂撞家具玻璃，以及一切有形之物。不過兩三天的時間，我的身體變成了小麥町——大大小小的瘀傷深情而脆弱，一碰就呼痛，一如我極度敏感的神經。那些傷痛是出走的睡眠留給我的紀念，同時提醒我它的重要性。它用這種磨人脾性損人體膚的方式給我「顏色」好看，多像情人樂此不疲的傷害。然而情人分手有因，而我則莫名的被遺棄了。

每當夜色翻轉進入最黑最濃的核心，燈光逐窗滅去，聲音也愈來愈單純、只剩嬰啼和狗吠的時候，我總能感受到萎縮的精神在夜色中發酵，情緒也逐漸高昂，於是感官便更敏銳起來。遠處細微的貓叫，在聽覺裡放大成高分貝的廝殺；機車的引擎特別容易發動不安的情緒；甚至遷怒風動的窗簾，它驚嚇了剛要蒞臨的膽小睡意。一隻該死的蚊子，發出絲毫沒有美感和品味的鼓翅聲，引爆我積累的敵意，於是乾脆起床追殺牠。蚊子被我的掌心夾成了肉餅，榨出無辜的鮮血。我對著那美麗的血色發呆，習慣性的又去瞄一瞄鬧鐘。失眠的人對時間總是特別在意，哎！三點半了！時間行走的聲音讓我反應過度，對分分秒秒無情的流失尤其小心眼。我想閱讀，然而書本也充滿睡意，每一粒文字都是蠕動的睡蟲，開啟我哈欠和淚腺的閘門。難怪我掀開被子，腳跟著地的剎那，恍惚聽見一個似曾相識的聲音在冷笑：「認輸了吧！」原來失眠並不意味著擁有多餘的時間，它要人安靜而專心的陪伴它，一如陪伴專橫的情人。

我趿上拖鞋，故意拖出叭噠叭噠的響聲，不是打地板的耳光，而是拍打暗夜的心臟。心有不甘的旋亮桌燈，溫暖的燈光下兩隻貓兒在桌底下的籃子裡相擁酣眠。多幸福啊！能夠這樣擁抱對方也擁抱睡眠。我不由十分羨慕此刻正安眠的眾生、腳下的貓兒、以及那個一碰枕頭就能接通夢境的「以前的我」。眼皮掛了十斤五花肉般快提不起來了，四天以來它們闔眼的時間不超過十二個小時，工作量確實太重了。黃色的桌燈令春夜分外安靜而溫暖。這樣的夜晚適宜窩在床上，和眾生同在睡海裡載浮載沉。

或許粗心的我弄丟了開啓睡門的鑰匙吧！又或者我突然失去了泅泳於深邃睡海的能力；還是我的夢囈干犯眾怒，被逐出夢鄉。總而言之，睡眠成了生活的主題，無時無刻都糾纏著我，因爲失去它，日子像塌陷的蛋糕疲弱無力。此刻我是獵犬，而睡眠是兔子，牠不知去向，我則四處搜尋牠的氣味和蹤跡，於是不免草木皆兵，聲色俱疑。眾人皆睡我獨醒本就是痛苦，更何況睡意都已悉數凝聚在前額，它沉重得讓我的脖子無法負荷。當然那睡意極可能是假象，儘管如此，我仍乖乖的躺回床上。模糊中感到鈍重的意識不斷壓在身上，甜美的春夜吻遍我每一寸肌膚，然而我不肯定那是不是「睡覺」，因爲心裡明白身心處在昏迷狀態，但同時又聽到隱隱的穿巷風聲遊走，不知是心動還是風動，或是二者皆非，只是被睡眠製造的假象矇騙了。那濃稠的睡意蒸發成絲絲縷縷從身上的孔竅游離，融入眾多沉睡者煮成的無邊濃湯裡。

就這樣意志模糊的過了六天，每天像拖個重殼的蝸牛在爬行。那天對鏡梳頭時，赫然發現一具近似吸血殭屍的慘白面容，立時恍然大悟，原來別人說我是熊貓只是善意的謊言。此時剛洗過的頭髮糾結成條，額上垂下的瀏海懸一排晶亮的水珠，面目只有「猙獰」二字可形容。頭髮嫌長了，短些是否較易入眠？太長太密或許睡意不易滲透，也不易把過多的睡意排放出去，所以這才失眠的吧！

到第七天，我暗忖這命定的數字或會賜我好眠，連上帝都只工作六天，第七天可憐的腦袋也該休息了。我聽到每一個細胞都在喊睏，便決定用誘餌把兔子引回來。那是四顆粉紅色、每顆直徑不超過零點五公分的夢幻之丸，散發著甜美的睡香，只要吃下一粒，即能享有美妙的好夢。

然而我有些猶豫，原是自然本能的睡眠竟然可以廉價購得。小小的一顆化學藥物變成高明的鎖匠，既然睡眠之鑰可以打造，以後是否連夢境也能夠一併複製，譬如想要回味初戀酸酸甜甜的滋味，就可以買一瓶青蘋果口味的夢幻之水；那瓶紅豔如火的液體可以讓夢飛到非洲大草原看日落；淡黃色的是月光下的約會；藍色的呢！是重回少年那段歲月，嘗嘗早已遺忘的憂鬱少年那種浪漫情懷吧！

我對那幾顆小小的東西注視良久。連自己的睡眠都要仰仗外力，那我還殘存多少自主，這樣活著憑的是甚麼？然而我極想念那隻柔順可愛的兔子，多想再度感受夢的花朵開放在黑夜的沃土。睡眠是個舒服的繭，躲進去可以暫時離開黏身的現實，在夢工場修復被現實利刃劃開的傷口。我疲弱的神經再也無法承受時間行走在暗夜的聲音。醒在暗夜如死刑犯坐困牢房，尤其月光令人發狂的恐慌。陽光升起時除了一絲涼淡淡的希望，伴隨而來是身心俱累的悲觀，彷彿刑期更近了，而我要努力撐起鈍重的腦袋，去和永無止盡的日子打仗。

我掀開窗簾，從沒看過那麼刺眼的陽光，狠狠刺痛我充血的眼睛，便刷的一聲又把簾子拉上。習慣了蒼白的月光和溫潤微涼的夜露，陽光顯得太直接明亮。黑夜來臨，我站在陽台眺望燈火滅盡的巷子，彷彿一粒洩氣的氣球，精神卻不正常的亢奮起來，如服食過興奮劑，甚至可以感覺到充血的眼球發光，像嗜血的獸。

我想起大二時那位仙風道骨的書法老師。上課第一節照例是講理論，第二節習作。正當同學把濃黑的注意力化作墨汁流淌到紙上，筆尖和宣紙作無聲的討論時，突然聽到老師低沉的聲音說：「唉！我足足失眠兩個星期了。」我訝然抬頭，還撇壞了一筆。老師厚重鏡片後的眼神閃現異光，那是一頭極度渴睡的獸。我正好和他四目相接，立刻深深爲那燃燒著強烈睡慾的眼神所懾，那是被睡意醃漬浸透、形神都淪陷的空洞，或許是吸收了太多太多的夜氣，以致充滿陰冷的寒意。然而他上起課來仍是有條有理，風格流變講得井然有序，而我現在終於明白他不時用力敲打自己的腦部、揉太陽穴，一副巴不得戳出個洞來的狠勁，其實是一種極度無奈的沮喪。他是在叩一扇生理本能的門，那道門的鑰匙因爲芸芸眾生各持一把，丟掉了借來別人的也無濟於事，便那麼自責的又敲又戳起來。

然則如今我終於能體會他的無奈了。可怕的是我從自己日趨空洞的眼神，看到當年那瞬間的一瞥復又出現。晝伏夜出的朋友對夜色這妖魅迷戀不已，而願此生永爲夜的奴僕。他們該試一試永續不眠的夜色，一如被綁在高加索山上，日日夜夜被鷲鷹啄食內臟的普羅米修斯，承受不斷被撕裂且永無結局的痛苦。然而那是偷火種的代價和懲罰，若是爲不知名的命運所詛咒，這永無止境的折難就成了不甘的怨懟而非救贖，如此，普羅米修斯的怨魂將會永生永世盤桓。

失眠就是不知緣由的懲罰。那四顆夢幻之丸足以終止它嗎？我聽上癮的人說它是嗎啡，讓人既愛又恨，明知傷身，卻又拒絕不了，因為無它不成眠。這樣聽來委實令人心寒，就像自家的鑰匙落入賊子手裡，每晚還要他來給自己開門。於是我便一直猶豫，害怕自己軟弱的意志一旦肯首，便墜入深淵永劫不復了。

睡眠的慾望化成氣味充斥整個房間，和經過一冬未晒的床墊、棉被濃稠地混合，在久閉的室內滯留不去，形成房間特有的氣息。我以為是自己因失眠而嗅覺失靈的緣故。一日朋友來訪，我關上房門後問：「你有沒有聞到睡眠的味道？」他露出不可思議、似被驚嚇的眼神，我才意識到自己言重了。

就像我沒有想到會失眠一樣，睡眠突然倦鳥知返。事先也沒有任何預示，我迴避鏡子許久了，一如忘了究竟有多少日子是與夜為伴，以免嚇著自己，也害怕一直叨念這一點也不稀罕的文明病，終將為人所唾棄。何況失眠不能稱為「病」吧！如此身旁的人會厭惡我一如睡眠突然離去。而朋友一旦離開就像逝去的時間永不回頭，他們不是身體的一部分，亦非血濃於水的親密關係，更不會像丟失的狗兒會認路回家。

那天清晨，自深沉香醇的夢海泅回現實，急忙把那四顆粉紅色的夢幻之丸埋入曇花的泥土裡。也許，它們會變成香噴噴的釣餌，有朝一日再度誘回迷路的睡眠；也可能長出嫩芽，抽葉綻放黑色的夜之花，像曇花一樣，以它短暫的美麗溫暖暗夜的心臟。

——原載一九九七年十月七～八日《中國時報》

（本文獲第二十屆中國時報文學獎散文首獎，九歌八十六年年度散文獎）

髮誄

在這充滿懸疑和可能的秋夏之交，連親密的頭髮也變得那麼奇詭起來。那樣急切的生長速度，有如童話中一夜之間暴長，直越雲端的豌豆芽，又如那嘩然而下，急赴大川的瀑布，充滿慷慨就義的壯烈，令人想起虞姬刎頸之際，那悲戚而果敢的眼神。這是我們共處的最後一夜，在明天即成陌路的時候，我答應贈它這篇誄文，作爲緣滅的見證，自此以後，我們將有各自的命運和歸途，我不會再像以往一樣，將已離開我的「故髮」留下，或送給心愛的人。這一次，我們三年來的結髮之緣，將還諸天地，還諸自己，還諸曾經羨慕我們是如此匹配，祝福過我們永生相隨的善心人。

長髮實在是個美麗的錯誤，尤其是一頭覆腰的黑髮。失眠的時候，它來騷擾我的臉，糾纏我的脖子我的肩，伸展開來環抱我因長時間坐姿不良而痠痛的腰，耍起脾氣來是隻固執的鬼。有時我不免厭惡它愛出風頭，老是要以那媲美狐狸尾巴的優雅線條，較暗夜更鬼魅的髮色，以及令禮教不安的儀態而沾沾自喜。爲了打擊它愈來愈不知節制的囂張跋扈，我常常貶抑它不合時宜的造型，聲稱要以酒紅色和成熟的大波浪來引領它走入時髦的潮流之列。它可一點也不在意，相處那麼久，我腦子裡打甚麼主意它早摸得清清楚楚，何況它知道我絕對不會在它身上花甚麼心思，哪怕騰出一點瑣碎的時間花點小錢去護髮，好打發它那張老是埋怨我不知憐香惜玉，喋喋不休的嘴。

它知道我心裡的怨憎是嫉妒磨就的火藥，那種來自女人最具毀滅性的殺傷力，便也不敢過分造次。許多時候我覺得自己是讓髮差遣的侍女，撐起那隨時要款擺作態的髮身，讓它接受陽光的燙金，風的邀舞，甚至雨水的撫摸和滋潤。不過是一把長相還可以的長髮，它竟然如此傲慢，膽敢指使一位個性剛烈的主人。我自然知道是它勾結了我心裡那隻懶鬼，裡應外合的結果。長髮在一般人眼裡不免要歸屬到浪漫主義的範疇，而我卻只能提供現實主義的理由——我是懶得上理髮院，又極端避忌別人在我頭皮上又搓又揉，像清洗一條髒抹布那樣帶著仇恨汙漬的力道。何況把攸關生死的頭交到陌生人手裡，委實太過於草率。一旦被告知洗髮的劫難將至，它便像預知要洗澡的貓，想盡辦法逃難，還不斷搬出婦人不宜經常洗髮的祖訓。然而我總是步履堅定地踏入浴室，任由它惶恐掙扎，甚至恐嚇我要縮回皮層裡去。

頭髮是那樣的脆弱纖細，容不得大聲的獅子吼，或馴獸般的狠狠搓洗。它崇尚澈底的自由主義，堅持散髮，討厭我以方便為由把它束成馬尾，「馬尾是趕蒼蠅用的，我要求唯美的浪漫，優雅的古典，要像少女漫畫中的主角那樣自然飄逸，我討厭妳一切以方便和效率為考量的現實主義。」它如此振振有辭的辯駁，並藉機諷刺我。於是橡皮筋才戰戰兢兢纏上它沒多久，頭皮被拉扯的疼痛抗議就開始了。細微尖銳的痛，一陣一陣針炙我的大腦皮層，接通敏感的神經，呻吟著要求解放。那樣令人無法忍受的煎熬，讓全身都為之心悸的哀求。於是，我習慣披頭散髮，不只夜裡像鬼，連明晃晃的白天，也素著一張被黑髮襯得蒼白的臉上下課辦事擠公車。過馬路時它隨性矇住我的眼，害我不得不狼狽萬分甩掉它，一如甩掉不識好歹、死纏爛打的情人。

長髮時而乖順似熟睡羊羔，時而頑冥若野馬放蹄。冬日，天大寒。它恍如一窩冬眠的小蛇棲在我肩上，好心的護住怕冷的脖子。只是它比冬天還冷，倒變成要我升高體溫來烤暖它。夏天，每一寸皮膚都想裸露的季節，它卻不識趣的摟住汗溼的肩和背，嘮嘮叨叨說起黏膩無聊的情話。那感覺，嘖！活像一堆化了的麥芽糖糊在身上，讓情緒無端落入泥沼。因爲這崇尚自由不喜約束的長髮，我的夏天總顯得沉悶而冗長。

或許應該這麼說，我和長髮之間根本就是愛恨交纏，接近那種暴烈的愛，蘊藏著相等能量的恨，就像愛一個人恨不得把他搓碎或變小，化成身體的一部分，極度疼愛一隻貓便有吃掉牠的可怕念頭。那種帶著高度占有慾，想把擁有的一切嚴實密封起來，又基於怕它逃走的不安全感，而有玉石俱焚的衝動。我很早就在與長髮的厮磨中發現了自己性格裡不斷抽長的狼牙，不知何時會引燃的凶悍。

我曾多次恐嚇糾結的髮絲，聲稱要與它一刀兩斷。我已經厭倦了自己的潔癖，厭倦頭髮熱愛蒐集香菸、汽機車和餐廳裡的氣味，如同一個有戀物癖的神經病患。每天我拖著精神已經乾竭的身體回來，還要耐著性子幫它清洗，更在以美麗爲誘餌的廣告哄騙下，心甘情願買回奇怪又不合用的洗髮精潤絲精熱油這些莫名其妙的產品，而後又因爲懶惰鬼作祟，而將之束之高閣。這就是惡性循環吧！這些消費就轉嫁在永無止盡的心力勞動上，形成空洞的輪迴。然而最讓我無法忍受的是，它甚至把外面的氣味置入我親密的枕頭和居家的乾淨空氣裡。於是洗頭變成一種惱人的情緒。我常有恨不得放把火把它燒個精光的衝動，或來個乾脆俐落的光頭造型，好滿足自己的標新立異，也炫耀嬰兒般光明磊落，無所隱瞞的頭型。

每當長髮張開羽翼乘風飛去，我不免擔心那樣的姿態太過撩人，但是它卻十分樂意吸引別人的目光，並因此變成它美麗的助力。於是我心裡便有一種淡淡的哀傷。原來長髮並不屬於我，它自有獨立的主張，儘管它分裂自我的身體，植根於頭皮，吸取我體內的營養。難怪頭髮愈長，我總有御風而行的感覺，因爲身體努力吸收了那麼多養分，卻被長髮悉數取去，於是軀體便成爲一具空有外形的皮囊。

這樣說來顯得長髮一無是處。卻也不然。它曾是自由的象徵，在那個髮禁猶存的高中時代，它是我放逐現實和體制的手段。在不准別有色髮夾不准髮長超過衣領，禁錮彩色彌封浪漫的時代，我硬是運用想像作怪，十分技巧的燙了瀏海，並削得薄薄的，微微掀起波浪，是當時最流行的黛安娜頭。原本我只是嫌棄新剪的髮型過於陽剛，沒有一絲青春期女孩該有的柔美。那樣擅自主張的「變髮」之後，卻充滿前所未有的叛逆快感。我以微捲的桀驁，向整個令人窒息的體制發出不馴的挑戰。

離開那個規矩滿滿，戴著手銬腳鐐的時代，我開始蓄髮，也同時蓄夢，而長髮即是夢的堤防。後來更因爲懶惰的茁壯而任它漫無章法。厭煩它的糾纏時，我總是因爲那個喜歡長髮的人而一忍再忍。好不容易髮長，那人卻在我的生命裡變成一個突然消失的問號。我開始時瘋了一樣，任由潦草的散髮將我淹沒，張惶不知何以自處。最後卻終於明白，他的溫度和情感都遺留在髮上。美麗的髮色，卻是哀愁的化身。有時我不禁想，頭髮摩擦時，那似有若無的嘆息，仍是當年那人在我耳畔低語。

我並不眷戀長髮的美麗，只是對那留住時間的光澤和長度充滿不捨之情。五年前剪下的那把頭髮依然那麼溫柔黑亮。它學爬牆虎那般靜靜懸止在書房的牆上，與萬年青毗鄰而居。入夜之後，它會不會化爲壁虎四處遊走，甚至依偎在我新生的髮旁，要求再續結髮之緣？造訪的朋友每每悚然驚懼。是因爲時間可以如此不朽而令人訝異？還是斷髮背後總有一齣哀絕的悲劇？或是耽戀過去的美，沉湎於回憶，這樣病態的性格令人恐懼？那把頭髮令我想起伴隨著它的悲歡，已經消逝的美好和憂鬱。它曾經是我最親密的伴侶，然而「曾經」卻也是我最大的悲哀，那意味著不能重現，再也無法複製，徒留悵惘的存在。

於是我不免悔恨，爲何輕易斷髮送人？表面上那麼乾脆，好像丟掉一件無關痛癢的身外之物，心裡卻像被劈開一個愈變愈大的窟窿，不知該找甚麼來塡空。明明知道這不過是段錯置的因緣，惶惶中卻企圖想抓住甚麼。等到不得不承認，那是邱彼特打瞌睡時不小心射錯的箭，卻仍然想要爲美麗的錯誤留下紀念，好像這樣才能心安，才有理由安慰自己的悲傷。斷髮送君本有屬於它的宿命，如今我的髮安眠在那段屬於它的回憶裡。於是我安心了，即使沒有音訊，卻覺得曾是我貼身的髮仍舊在陪著那人過日子，自此再也沒有聯繫。

我從不輕易去撫摸別人的髮，那樣似乎侵犯了別人的隱私，碰觸了別人的祕密。滋養髮根的土壤是充滿意念的腦袋，因而我總是懷疑頭髮隱藏了個人大量的記憶和私密。縱使是別人落在家裡的頭髮，我寧願掃去而從來不肯撿起。落髮是失去生命的屍體，撿髮的感覺像收屍，即使是自己的落髮，只要有幾根糾纏不清，那捲在一起的模樣就令人覺得不潔而且噁心。頭髮若知道它曾經擁有的美麗瞬間即將消失，落地的剎那，也會悲矜的爲自己吟一首安魂曲吧！

送別耳鬢廝磨三年的長髮，我也贈它這首賦別曲。知我甚深的頭髮，一定會原諒我沒有老實的按照誄文的體裁來歌頌它、讚美它。一生聽慣美言的長髮，就請破例接受一席誠心誠意，沒有絲毫欺瞞的肺腑之言吧！

——原載一九九七年十一月三～四日《自由時報》

癢

梳洗完畢，照例要和鏡子打個照面。咦！左臉頰上有兩條明顯的抓痕。沒有完全被水沖走的睡意這下全醒了。我馬上把臉逼到鏡子前，不得了！掛彩了——那兩條細痕拉出搶眼的虹橋，架起一道耀眼的彩虹，搶走了整張臉的神采。我看見鏡子裡自己慘逢災變之後的懊惱表情。事關面子問題，何況今日有約。兩條細痕像哭過的眼泛紅，同是沮喪的神色。

我嘆一口氣。最近生活中有太多出乎意料的事，隱然有秩序解體、紀律崩散的預兆。現在我不得不懷疑，連自己的自律神經也開始鬧獨立。由於曾多次在睡夢中抓破手腳的不良紀錄，我的指甲一向修得又短又鈍。前些日子不知爲何萌生小小的愛美貪念，嫌棄那平整又單調的指甲呆如小平頭，遂允許它們越過相依爲命的指頭，並答應給它們抹上最炫的黑色，滿足它們也滿足自己愛作怪的念頭。那是我生平買下的第一瓶指甲油，萬萬沒想到黑色是不祥的徵兆，出軌的指甲會讓我這麼沒面子。

剪下那些背叛我的指甲，恨不得把那十個半月形的黑心傢伙全都絞碎了出氣。等到十指又恢復了以前傻愣愣的樣子，我這才意識到自己似乎抓錯了凶手。指甲不過是辦事的小嘍嘍，該受制裁的「癢」才是主嫌。不癢手指就不會去抓，不抓就不會破相。我使勁磨著指甲的凶暴力道，突然變得溫柔有禮起來。

然而我仍然受了驚嚇，連睡夢中也時時警惕，夜半驚醒的原因可能是要確定自己搔癢的力道恰如其分，即使癢的部位非關面子問題。年復年，每當季節轉變，過敏的皮膚一感受到冷熱不調，便發癢反抗。季節遞變之後，我身上那些斑爛的抓痕也見證了換季。黝黑的皮膚科醫師見我準時報到，總要露出恍然似悟的神情，哦！天氣轉變了？我深以能感應大自然的脈動爲榮，忍著抓傷的痛楚和焦慮，露出贊同的微笑。

醫生自然不會把區區皮癢放在心上。他健康的古銅色皮膚是陽光偉大的遺跡，看那光鮮亮麗的得意樣子，一定沒有嘗過皮肉之苦，當然也就不了解生活和心情被挑戰和顚覆的惱怒。或許在他看來，那不過是幾顆藥丸，一兩瓶藥水抹一抹就能解決的事，何必大驚小怪至此。他不知道一個長期被病痛折磨得有些神經質的人，任何不適都會被放大，些微風吹草動都是對心理的暴力，更何況牽扯到極爲重要的面子問題。

癢總是欺負疲倦的身體，騷擾脆弱的睡眠。夜半坐起，可能只是一處皮膚在撒嬌。四面八方掩至的黑暗，讓人覺得被所有睡著的鼾聲遺棄和孤立。出於憐憫，手指試圖過去安慰那不安的情緒。而抓癢，從這千不該萬不該的本能反應開始。手指的好意被曲解爲放縱，那癢是過度寵溺的小孩，愈疼它便愈放肆。睡夢中抓癢尤其像在執行魔鬼的暗殺令，我不禁懷疑，一個算計我的陰謀正在暗中悄然成形。夢寐之際，理智和自制力衰減，癢有充分的自主駕馭手指的方向，馳騁它爲所欲爲的慾望，盡其所能施展魔力。

那眞像是對抗一隻對你了然於心的魔鬼。對手的弱點和要害全在它的掌握之內。抓癢絕對是理智和感官的拉鋸戰。癢因爲嘗到甜頭而變本加厲，便壓抑不住地要求更強烈的痛快，而手指使出的力道，遂愈加無法控制起來。其實在又痛又快的當兒，心裡也有兩股反作用力在交戰。

這樣的廝殺無疑仇人相搏，其結果必然是皮開肉綻。但是感官上的愉悅令人無法克制，那快意恩仇的感覺簡直非要置於死地而後生。於是一面抓，一面彷彿有戰鼓擂動，那聲音不斷的重複：有死才有生。死了才有生的機會。用力抓呀！不要停止啊！於是整個注意力都焦聚在那小小的戰場。等到「痛」的感覺慢慢大過「快」，痛楚喚醒了理智時，皮膚早已爬滿曲解的爪痕——曲解抓癢是爲了止癢，而一味耽溺感官的快意，其結果是皮膚變成殺戮戰場。那慘烈的景象披露癢的嗜血性格。抓癢的過程展示人類殘忍的獸性，因爲是自相殘殺，便顯得那些傷痕有些淒楚和哀怨的意味。然而不能否認，從抓癢中確然可獲致巨大的快感，這似乎說明了「痛」和「快」是一體之兩面。

或許我不能從沿襲的語言構成裡去詮釋，正確的說法是，抓癢是件既「痛」且「快」的休閒動作。那種帶著自虐的動作有時候是窮極無聊的產物，忙得連嘆口氣的時間都沒有的時候，確實不會記得抓癢。但是皮膚過敏也是不爭的事實。這樣想來，「癢」也是頗有性格和脾氣的，它在人無所事事時才來討抓，只不過絕對沒有貓兒那麼樂在癢中，一切滿足盡在抓的過程裡。

我多麼羨慕貓兒抓癢時那種瞇眼打呼，全然陶醉的幸福。一隻健康的貓從抓癢裡享受全然不假外求的幸福。那認眞的表情彷彿在說：啊哈！我「抓」到這個「癢」了！而貓沒有愛美的煩惱，也不曾聽說哪隻貓因此而毀容，更不必掛心指甲過長，或是力道過猛而流血。因爲沒有後顧之憂，心無掛礙，才能把這件事做得完美，也才會出現如痴如醉的舒坦之態吧！

看貓兒滿足的享受抓癢之樂，總是讓我想起星期天早上。逃開必須努力的理想，撇開所有需要處理的大小瑣事，一覺睡到十點。醒來，在床上發呆。這類事情就如同抓癢，被朋友戲稱爲純粹滿足自已的感官逸樂，對人生絲毫沒有意義，對人類沒有任何貢獻，是爲頹廢。朋友眞是言重了，我連抓癢這樣微不足道的芝麻小事也沒做好，如何禁得起他嚴肅的呵責，還要求我擔當那麼重大的責任？

癢的感覺像生生不息的意念。我曾經很認眞的觀癢如觀心。癢挑動神經，我忍著，假裝沒看見。它便化成一朵雲，慢慢飄走了。陸續而來的挑逗沒有得到回應之後，通常它便死心了。但眞遇上那種痴情又不要臉的，死纏爛打不知好歹，到頭來又是血肉相見。我不喜歡那樣暴烈的結局，凡事最好輕描淡寫，不著痕跡，就算嫌天下無事過於太平，也犯不著增添那麼壯烈的紅色，用痛楚來攪和枯淡日子。

偶然記起凡事應該未雨綢繆，又遇上心情不惡的時候，便趁著太陽還有本事從葉隙篩下金子的夏末，早早掛了病號。這不是我一貫的處事方式，但是爲了面子，只好破例。

醫生十分詫異，把我仔細打量一番，咦！這麼早報到，皮膚還完整，未開始癢呢！醫生一身更耀眼的褐色皮膚，好像燒得十分道地的廣式烤鴨，健康而有光澤。他大概永遠無法體會被癢騷擾的痛苦了。我不曉得該羨慕他，還是可憐自己，便笑嘻嘻說，每年都一樣病症，我學乖了，今年先拿好藥，免得別人老冤枉我家的貓爪子那麼利，抓得我一身傷。

然而該來的終究躲不過，那兩條細痕顯眼的掛在臉頰上，不時隱隱作痛。那痛楚亦十分懂事，好像是竭力忍著，不得已才痛一下，儘量避免我嫌棄它。這樣一來，我也不好意思無禮的驅趕它，只好暫且按下煩躁的心情，耐心的等待它識趣離開。

——原載一九九七年十二月十八日《中國時報》

傷

去年夏天，手臂後側碰黑了一大片。那一大圈黑紫色暴露在袖緣，像個深不可測的黑洞，分外招人眼光，任何人見了都從眼神發出驚呼，讚嘆其色澤之深沉耀目。或許這些讚美滋養了牠無可救藥的虛榮，增長了牠的自戀。拖了兩個星期，牠像小妖一樣玩起變色的遊戲，有時黑紫黑藍，有時則黑綠黑紅，萬變不離其宗，主色調仍然是詭譎的黑。我看牠沒有離我而去的意思，就準備讓出那片皮膚給牠寄居，善待牠像身上的一顆痣或一塊胎記。

那瘀倒也學會搬演萬種風情。在明亮的光線下，牠黑中暈青、透點紫藍、四周微滲珊瑚紅的妖冶色相，分明可媲美川端筆下那枚落在杯沿誘人的唇印。黑暗中，牠則隱去了光華，搖身一變而爲鬼氣森森的黑眼，不懷好意的窺探這光怪陸離的花花世界。

從小我就習慣了受傷。受傷的方式千百種，然而歸納起來，不外乎流血的、不流血的，或者僅止於破皮露點粉嫩肉色的。受傷的原因也不勝枚舉，不過仔細尋繹，也只有一個：心不在焉。受了傷還滿心歡喜，直呼跌得高明跌得好的，是國小六年級那唯一的一次。

那是個晚霞滿天，色彩錯亂的黃昏。屋子裡的悶熱讓才學會爬的小弟啼哭不斷。從北部南下探小孫子的爺爺因爲舟車勞頓在閉目養神。我抱著小弟在屋後的草地晃盪，小弟的哭聲方歇，安靜的空間才騰出來，我那好玩成性的心魔便吆喝著不安於室的神志出竅——我想，多半是相邀看晚霞的演出去了。一個踉蹌，我往前一撲，意識裡蹦出的第一個念頭是：小弟絕對不容任何損傷！於是我左腳的大拇指便當仁不讓的，向前面那塊崩了一角且奇醜無比的大石頭，獻出了它第一次熱血沸騰的激情擁抱。痛的感覺一陣一陣往上沖，心臟一寸一寸縮小，低頭一看，腳指頭戴了一頂俏皮的豔紅小帽，傷口齜牙咧嘴對我笑，鮮血在快樂的唱著雄壯的進行曲。

但是我聽到自己的歡呼，還好，還好，小弟沒事，阿彌陀佛！小鬼還當剛才那驚心動魄的一摔是我和他鬧著玩，正咧嘴露出「無齒」的笑，眼角猶餘一顆晶瑩閃爍的快樂，在我看來是幸災樂禍的淚光。他這帶淚的微笑眞是我當下心情千眞萬確的寫照，誰也看不出我痛不欲生的淚光裡頭，開放著一朵慶幸的小花。要是小弟這命根子損了點皮毛，我要接受的懲罰又豈止是一個微不足道的指頭之傷？

但是那傷口總沒有要痊癒的意思。結痂之後，四周仍然環了一圈暗青色，牠捨美麗耀目的紅，而換了頂醜怪的藏青色帽子，顯然是怨憎我不珍惜牠，每天一張黑臉與我鬧彆扭。牠可不知這義不容辭的壯舉保全了我倔傲又膽小的自尊，阻擋了大人無情的責罵。然而那撞擊的力道顯然不小，遠遠超過了生命的復原能力。我想那烏黑的瘀傷，大約是因爲耿耿於懷我厚此薄彼而拒絕痊癒。

然而我並不在意。大人的呵責如蛇囓，他們並沒有意識到語辭對自尊的摧損，對一個好強好勝的敏感小孩其實更具殺傷力。小時候的皮肉之傷多不勝數，然而時間和生理的本能自會慢慢還它們本來面貌。但那些言辭的囓痕，至今仍是坑坑洞洞的盤踞在心房，不時的提醒我心靈的創傷。

大人殘忍的以爲小孩子不跌不長。女孩只要不是跌到面子上，損了容顏；男孩沒有折損筋骨，都是不值大驚小怪的芝麻小事。然而我跌跤的次數，無論是傷是瘀，委實頻密得連我自己都起疑：身上究竟是哪個地方出了差錯，還是缺了哪根神經，或是就像鄰家大嬸說的，走路時沒把「心」帶上。

是了，是「無心」之過。那些難看的疤痕和疼痛來自愛撒野的心，老想著要神遊九宵雲外，現實中的危險無法構成警惕阻嚇，總是等到被疼痛咬腫了神經，瘀傷五彩斑斕的招搖時，才來埋怨後悔。

我還記得那一個把膝蓋摔得露骨的薄暮。又是漫天鋪地的晚霞（我不得不懷疑晚霞是否前世曾和我結下深仇），連草色也泛紅泛紫，空氣中迴盪著喚人回家的飯菜香。那妖冶的美麗又一次勾引了我的魂魄——一個顚躓，我跌倒了。是一條死不瞑目的枯藤誘拐了我的腳板，受懲罰的卻是無辜的膝蓋，它給正前方入定的石塊叩了個大響頭，叩得膝破血流，叩得我不得不承認那瑰麗的天色是末世的慘烈景象。

我咬著牙忍著痛拐著一條血腿回家。炒菜的媽媽驚天動地的尖叫引來了鄰居，七嘴八舌又七手八腳幫我用茅山油止了血。茅山油的味道取代了菜香，滿屋子瀰漫著一股受傷的藥味，地上堆了小山似的帶血棉花，美麗的血色豔過天邊自以爲是的晚霞。

小孩子的骨肉畢竟生長得快，但那不時作痛的傷口卻也提醒我記得帶「心」走路。由於那壯烈得罕見的血盆傷口，小朋友們都被自家的媽媽叮嚀再三：走路時眼睛放亮些，並用我悲壯的傷口爲誡。我可一點也不以爲然，很有風度的把受傷的典範讓給鄰家的那位印度女子。她常常走著走著，突然雙腿一軟，就那麼令人目瞪口呆的直直跪在馬路上。

鄰居都笑說她是軟腳蝦，但那雙黝黑筆直的腿看來矯健異常，令人不能置信它們的軟弱。花樣年華的少女，那婀娜的身姿本該是天地間賞心悅目的手工藝。然而她卻是瑕疵品，父母背叛手足倫理結爲夫婦，讓她宿命的背負上一代被詛咒的天譴。尤其是過馬路時，來往穿梭的車輛如猛虎。她卻常常在最不該跌倒的時候跌倒了。大夥兒都停下來等她。她卻神態自若的站起，對自己成爲焦點絲毫不以爲意，有時候還衝著大伙兒笑。那笑也是無所謂的，既不抱歉也不羞澀，理直氣壯的樣子。由於常常摔跤，她的腳上成了嚴重的災區，像是被敵軍轟炸得血肉模糊的戰地，連帶手也遭殃，那上面常常舊創未復，新創又起，密密麻麻的記錄了她愴痛的成長。相較之下，我的傷口又有甚麼值得一提？

某次去捐血，聽護士小姐邊抽血邊解說人體奇妙而迅速的造血功能，流血於是就顯得一點也不稀奇。原來萬物並沒有我們自以爲是的脆弱，小狗打群架換來脖子上血肉模糊的傷疤，那流膿流血的大創，竟然只要用燒柴的鍋底泥炭抹上幾回就迅速痊癒。大家都笑稱狗命賤，卻沒想到賤和頑強常常是生命的一體之兩面。我那傷得森白見骨的膝蓋如果驕寵成性，如今怎會完好無損？

可是，如果受傷的是心呢？那看不見的傷絕然不似流血破皮可以具體示人：哪！你看！我這道血口劃得多深；或是得意的告訴旁人：看吧！我的傷口結痂了。抽象的傷口總是耽於痛苦的自虐，把血跡淋淋的鞭痕一筆一畫，清清楚楚的儲存在詭譎隱密的記憶裡。都說時間是最好的藥劑，它比茅山油的止血止痛效果強，無臭無味，又不必花上半毛錢，既乾淨又便宜。但記憶和生命力一樣強悍，對痛苦尤其鍾情。或許心的傷痕需要一種叫「健忘」的藥水或「釋然」的藥丸，時間只能裝模作樣給我們打一針止痛劑，卻是治標不治本，總會留下不時作痛的隱疾。難怪我一直忘不了那雙曾令我傷痕累累的眼神，留下至今仍會隱隱作痛的宿疾。

多年後宴會不期而遇，我仍能從他已入中年的安穩神情和內斂眼神裡，尋覓出當年那銳利傷人的鋒芒。他在和一群朋友寒暄，我穿越衣冠色相和脂粉俗香，避開肥膩食餌的陷阱獨坐一旁，想極力裝作若無其事，又無法隱瞞的拚命喝水。侍者用奇怪的眼神打探。我射他兩箭「關你何事」的不友善眼神。

此時自然已不比當時分手割心裂肺，那種僅餘二魂四魄的不要命痛法，但是已長新皮的傷口竟然重新裂開，痛楚像小蛇老實不客氣的狠狠嚙咬起來。

我仍然懷念他畫的那隻小狐狸。狐狸的眼睛那麼純淨，似夜空中兩盞閃著溫柔光芒的星星。然而那看似無邪的眼神卻會下蠱，專門勾人的三魂六魄，也令人忘卻牠藏匿在優雅舉止中的爪子。總要等到牠無情的抽身離去，才赧然發現記憶裡血色飽滿，楚楚動人的爪痕。

情傷其實更近瘀。那灰黑的色澤儼然是受創的心，總是一碰就痛。瘀血消散之後分化到全身上下的血管裡，和血液融爲一體。情瘀也是，它總也不散，一溜煙藏進記憶的洞穴，死皮賴臉的驅之不去。然而我終究也學會了接納，就像接受與生俱來的一塊胎記，或是一顆痣。

——原載一九九七年十二月十日《聯合報》

鬼祟

寒流來襲的冬夜，我擁著厚厚的棉被，蜷在床上像隻繭。夜雨長情，忽急忽緩的傾訴它無盡的哀屈，完全不理會我失去耐心的耳朵，以及扭來扭去，兩條蛆一樣的腳丫。棉被安撫我疲憊的身體，卻無法呵護冰冷的腳板，它們只好彼此摩擦取暖，如果因此不小心點燃火花，燒了我的睡窩，我也願意賠上伴我八年的老棉被，絲毫不敢呵責它。

其實我大可一把掀開棉被，翻出保暖的襪子快快打發求救的腳丫。那雙灰色的絨毛襪是安撫它們的「睡袋」，就像枕頭和棉被是邀約睡眠的裝備。然而我好不容易暖和的裸露身體，一直強調它畏懼冷空氣，懶散的意志重複「下床」、「穿衣服」、

「上床」、「換衣服」的無謂和麻煩，並提醒我膽小的睡意極可能會因這大幅度的動作而逃逸。我可是一點也不在乎它們自私的意圖，持續的掙扎緣於長期以來對襪子複雜的情感，那種不知是恨是愛，是厭惡是憐憫，抑或是無以名狀的情緒在不斷攪拌。

這麼一想，我忽然聽到抽屜的騷動。很輕，很鬼祟，好像鼠輩的咀嚼或交談，細微得讓人懷疑是聽覺一時失靈，怪罪自己的過度敏感。那聲音夾雜在一輛疾馳而過的車聲中，就像老鼠閃過視線，一溜煙就消失了蹤影。我確定，我捕捉到的聲音來自最下層的抽屜，那裡面飼養著鬼祟的襪子，在這夜深人靜的暗夜，它們大概以為我早已入睡，因此放肆的批評我苛刻的對待。也許不滿我把它們安置在抽屜的最下層，就像穿在最低下的腳上，還要再藏進鞋子，十足是金屋藏嬌的姨太太，表面上說是捨不得讓它們拋頭露面，實際上是為了自己的面子。

然而那是襪子的宿命。它不能當手套，亦無法取代高高在上的帽子，唯一的安慰，大概是耶誕節時，有人把禮物託付給它，擔負送禮的重責大任。我卻從來不相信這樣唯美的童話，我的襪子們也就不敢期待有機會從腳底踐越過腦袋，霸占床側那個懸掛信袋的鉤子。何況吃得胖胖的信袋集三千寵愛，也容不下一隻卑下的襪子分享它的重要地位。

可憐的襪子白天隨我辛苦奔波，亦步亦趨的陪我辦事，走遍所有閒逛的角落，以及必要或不必要的大街小巷，像任怨任勞的聽話僕人，不敢有任何埋怨。捱到一天的工作結束，它們卻未受到禮遇，我總是迫不及待的一把扯下它們，塞進黑黝黝的鞋櫃裡，任憑它們和鞋子無言以對。脫下襪子意味一天的勞累終止，脫離所有厭煩的人事。也許扔掉襪子的剎那，心裡那聲由衷而愉悅的歡呼傷害了它，好像勞累了一生的女人被寡情的丈夫嫌棄，默默接受冷落的對待，從此就只好灰頭土臉的待在廚房。躲在鞋櫃的襪子就像蓬頭垢面的主婦暗自悴憔，把悲戚和自憐深深藏起來。

然而我的兩隻貓咪對襪子卻情有獨鍾。也許牠們試圖彌補我對襪子的不公平對待，不只散發洗衣粉香味、精神飽滿的乾淨襪子，牠們喜歡緊緊擁在懷裡，如同抱著一隻剛剛逮到的淘氣老鼠，在外隨我勞碌一天之後，滿身散發酸臭氣息，已經癱軟乏力的髒東西，更格外博得牠們的憐「香」惜玉。也許貓咪比我更有愛心，特別能感受到襪子的孤單，每當我迫不及待拉上鞋櫃，牠們總要對櫃子注目良久，似在思索那樣「有滋味」的好東西，爲何不能讓牠們分享，而要被密密的關起來？

牠們沒有參透其中的玄機，卻有努力探索眞相的勇氣。一日清晨，我帶著夢的殘渣晃入客廳，立刻被那狼狽的景象駭醒。從鞋櫃出走的鞋子，大概是玩得太累，有些趴在沙發上，有的則歪躺在電視機旁。遍地散置的襪子則如一隻隻暴斃的老鼠，那姿態看起來猥瑣而噁心。昨天才洗完澡的貓咪各自擁著心愛的襪子，發出甜蜜而滿足的鼾聲，一如我抱著棉被快樂的入眠。我呆了一陣，一時十分希望自己誤入夢境，夢醒一切將消散無蹤。而何其不幸，惡夢和現實連成一體，兩隻充滿襪子體香的壞傢伙，在我帶著怒氣的搓洗中發出悲壯的哀嚎，想不通我爲何沒有對牠們擅開鞋櫃的智慧大加讚賞，反而把好不容易從襪子那兒討來的香味清洗乾淨，絲毫不同情牠們解救襪子的努力，因此十分怨憎我的無情。

我實在不清楚自己和襪子究竟存在著一種甚麼樣的心結。襪子其實是腳的衣服，應該獲得和身體的衣服同等的對待。然而我的衣服拒絕與襪子一起洗澡，它們只好與髒兮兮的抹布同流合汙。洗淨之後，被塞成一團團的襪子，排列整齊在抽屜，便似一隻隻圓滾滾、酣眠的胖老鼠，帶著些許稚氣的絨毛，看來有些滑稽，有些討喜。挑選襪子其實更像在檢閱訓練有素的老鼠兵團。它們大都是灰、褐、黑的深沉顏色，既不花俏亦不招搖，完全符合它們善於躲藏的內斂性格。然而當它們不小心從褲管或裙下露出來，想要打量這個既新奇又無聊的世界，便像欲藏還露的隱喻，隱藏一些又透露一些，總有欲語還休的曖昧。每當我看到男人穩重的暗色長褲和暗色皮鞋之間，吐出一截不搭調的白色襪子，便不由得暗笑他的成熟世故畢竟不夠圓滿，白白讓一截襪子破壞了一身講究的打扮。這樣一來，我也知道他並不清楚襪子的隱喻的功能和意義，同時窺得他對細節的漫不經心。

當然這純粹是我的「白襪情結」。在爲數眾多的襪子裡，我獨獨沒有最清純的白色。這必須歸咎於高中時期，白襪自甘墮落服務於校規，成爲制度的爪牙。白衣白裙白襪，另類的白色恐怖。然而白衣已經成功的打破了我的禁忌，以十五件之數獨領上衣風騷。只有看來純眞無邪的白襪，既碰觸我的禁忌，又破壞了它應有的深沉美德，始終被足下拒絕往來。

這麼說來，我對襪子確實存有偏見，一來要它屈就衣服，退居爲衣服的配件，把它等同於二等公民的地位；二來因爲它服務的對象是足下，不免總覺得有些不潔。當然我得承認自己的不良習性，脫下來未洗的襪子，連同疲憊一把塞進鞋櫃。拉上門，搭上防止貓咪開門的鉤子，便算是眼不見爲淨，這樣我就當它們不存在了。也許過了三天、四天，甚至更久，想要清洗抹布時，再把關在暗無天日的襪子揪出來。那是最令我忍無可忍的尷尬時刻，拉開門，一堆襪子骨碌碌從鞋櫃滾出來，像一群落荒而逃的老鼠，而我同時撞見自己無可救藥的懶散。我終於明白，因爲襪子的鼠性十足，所以貓咪對它們如此偏愛。

「那顯然是你個人對襪子的偏見，我倒覺得自己的襪子色彩柔美鮮明，是一群可愛的兔子，只有你的才鬼鬼祟祟，」朋友如此不平的爲襪子辯解。我細想，開始認眞的尋找反駁的理由，不對！絲襪就顯得高貴優雅，如果硬把襪子歸入鼠科，那絲襪就是可愛的天竺鼠了。說完我才想起，其實自己沒有絲襪，因此這項反駁根本不成立。絲襪是女人的人造皮膚，根本不歸屬到實用的「襪」類，它的修飾和美化功能更近於絲巾或手帕。那樣輕柔纖細的撫觸，有些撒嬌討疼的意味，怎麼也不會讓我聯想起抽屜裡那些笨笨圓圓的襪子，自然也就不會把躲在鞋櫃裡的鬼祟東西，跟絲襪的淑女氣質相連結。嬌滴滴的絲襪也和我攀不上關係，那看來吹彈欲破的皮膚令我提心吊膽，深恐一不小心就劃破了它。何況輕薄的絲襪屬夏，而滿街露在涼鞋之外，套在絲襪裡的腳趾頭令我深感同情。連酷暑也無法痛快的呼吸，還要套上保護膜，維持主人稀薄的面子問題，而我一到夏天就巴不得告別賊賊的襪子，讓裸露的腳趾頭盡情去涼快。

這麼寒冷的冬夜，我竟然捨棄睡眠，任憑腳丫接受寒冷的懲罰，而試圖去釐清這些年來和襪子曖昧不清的關係，想來眞是不得體，而且不合時宜。嘆一口氣，起身去翻出睡襪。套上腳趾的刹那，我好像聽到老鼠愉快的歡呼，很輕，很細，像是深怕我的耳朵聽了去，遂馬上消聲匿跡。我摸了摸睡襪，然後，各自尋覓彼此的夢鄉去。

——原載一九九八年二月十九日《中國時報》

換季

我在沙發午睡，迷矇中感受到一股溫柔的撫觸順髮而下。恍惚間以爲是夢，但繼之而來的亮光讓我不得不踉踉蹌蹌從夢境跌出來。正想罵人，睜眼一看，呵！竟是午後陽光的糾纏。我立刻收拾好惱怒的情緒，迅速鎖好這頭性嗜傷人的暴獸，剩下些許的頹廢還是讓我覺得失態。久違的陽光風情依舊，那光采令我黯然失色。在這欒樹由黃轉紅，茉莉、水薑和七里香紛紛以純白掩飾誘人體香的時節，我不知該如何稱呼這忽冷忽熱的陽光，那亮度歸夏，溫度又屬秋，而脾氣則介於二者。

我無法思辨。與陽光的繾綣令我慵懶懈怠，思緒深陷感性的泥沼，無法抽離去作理性的推敲，心底卻無由沉澱了一層濃稠的悲哀。此時只得小心翼翼不去驚動蟄伏的雜質，深怕攪翻了這難得寵降的幸福。我寧願相信那薄如蟬翼的快樂表相，也不肯讓尖銳的眞實再度劃開剛結痂的傷口。我不怕受傷，但幸福何其短暫，誰說如得其情，哀矜勿喜，而我卻要散髮高歌，縱情享樂。

陽光柔軟纖細的雙手緩緩游移，漸漸的放肆起來。我幾乎可以瞥見那對我了然於心的狡黠慧眼。讓它攬在懷裡，像裹一層鬆軟的薄膜，溫柔透氣的質地近似月光。它給我何其珍貴而稀有的快樂，可惜卻是游移多變的性格。它在意識與意識之間悄悄滑動，想要欺騙我因快樂而麻醉的知覺，然而我終究感應到它瞬間就要離開。幸福果眞短暫。不過心動念起，霎時我便看到它枯萎在地，如散落的琉璃，細細碎碎，閃著詭譎的亮光，如繁星滿天的告別式。離別原來可以如此乾淨清明，不摻一絲情感的雜質。爲了成全這難求的美麗，我含笑相送，不悲不喜，轉身，投入秋的懷裡。

而我終究沒有證據。秋沒有捎來任何訊息，我無法說服心裡那隻病入膏肓的疑心病魔。櫥窗裡無袖的、薄紗的、露腹露肚臍的夏裝還在搔首弄姿，喉嚨對冷豔的仙草冰仍有克制不住的衝動，敏感的汗腺測試出流汗的黏膩溫度。夏天的證據鑿鑿，夏的爪牙翻天覆地不甘心的喧鬧，白天踢走天空所有的雲彩，掙個藍天大太陽的假相。只是早晚仍是長袖的天氣，抵不住風涼水冷的秋意。

我蒐集屬於秋的證據。與夏陽熱吻過的膚色似有情過色淺的痕跡。那樣的情色一照面，我便知道找錯了蛛絲馬跡，此時連心裡那隻聒噪的疑心病魔也噤聲，跟我吐個舌頭鬼鬼祟祟縮回它的洞裡。收拾得嚴密的情緒開始沸騰，翻攪出一些令我不知如何打發的記憶，新鮮的，還有青草的氣息。那氣息裡猶留著那人的汗味，串連起許多個已逝的黏膩夏日。然而如今那些記憶卻和膚色一樣，有著情過色淺的痕跡。

連接許多個早晨我啾啾的打著成串的噴嚏，過敏的鼻子想是收到了秋色從遠方捎來的狼煙。淚眼模糊中我忘記了昨夜夢裡的委屈，再也看不清那逐漸褪色的夏季。然而我的意識清醒，淚水絕對是因噴嚏而流，因應季節變化而起，極可能是狼煙引發的過敏徵兆。我不承認對褪色的過往有任何眷戀之意。換上運動衣穿上球鞋，我以汗代淚，讓腿肌發揮它的長才，飛散的長髮彷彿要釋放腦海裡多餘的憂鬱。跑步時咻咻的呼吸汰換體內暴躁的熱氣，我愈跑愈快，甩掉緊隨我的記憶殘骸。冷風讓我神情冷峻，既無快樂亦無悲戚，五官拒絕演出任何情緒的戲碼。

終於小腿肌開始抗議。我減速，漸漸停下。髮微溼，乖乖的貼在前額，如一堆攤軟的蛆。逼出的汗水和呼出的氣體有些委屈，排放出大量壞死的思念。狠狠的吐一大口氣，心情和櫥子裡的衣服全都應該整理整理準備換季了。張牙舞爪的夏季已過，連帶我們被熱氣烘焙出來的情感也逐漸降溫，此刻心情慢慢內斂，有些歸於沉靜的倦意，那個帶著赤道熱情的女子亦已成過去式。

而我並不難過。猶存的依戀之情就當慶幸自己涉世未深，尚未感染世故習氣，是以浪漫唯美的本質仍未磨損。那人早已回歸他原有的生活軌道，而我仍在爲情傷哀悼不已。幸而未痛至以淚療傷，哀悼死亡尚不需淚水，何況傷春悲秋最後終要回歸不悲不喜的清滌境地。況且我還有驕傲，不必自我憐憫的卑屈，乃至等而下之以淚留情。時序入秋正好冷卻我發燙疼痛的傷口，微涼的空氣帶點肅殺，就讓它代替我去感傷吧！

這樣想著我竟然微笑起來。於是安慰自己情感不要那麼豐沛也是好的，不必像少時那樣憧憬一次燃燒殆盡，世上何嘗有如此奢華之事，可以痛快淋漓一次把情感揮霍乾淨，爾後再也不必動心。總是每次挪用些許，享受那不冷不熱的順喉情意，雖覺不盡興，卻是凡人的用情守則，總想著留得餘情好去打造下面一段或許更美好的感情。

何況那人跨入中年難以動用眞情，是故無法點燃情愛的熊熊烈焰。眼看著儲備金隨著年歲徒增，儲備的感情卻在世俗化的過程中逐漸用盡，所以吃虧的總是我，傷勢嚴重的自然也是我。那十四年的鴻溝，我用盡力氣仍然跨不過，他亦無法無暇回頭來彌補。當初的驚喜只因我時而狂野時而溫馴，顯得他的不慍不火了無個性。但我竊喜，以他的世故和忙碌，必然無法想像火山冷卻後的平靜。絕情仍需大勇承擔決裂，冷卻後那微微一笑寒於深冬大雪，澆滅且埋葬情感餘燼。是以火滅之後，彷彿甚麼事都沒發生過，我們各自套進世俗的角色和面具裡，去過平凡無趣的嚼蠟日子。

平凡無趣亦偶有難得的幸福，如意外邂逅的午後秋陽。我沿著碧潭緩行，一些敏感的樹木已提早換下夏裳，滿地的落葉不斷的和沾染草籽草屑的鞋子絮絮耳語，似在交換季節的訊息。水薑花的香氣極爲挑逗，那香味是誘惑的神情，意味深長的匆匆一瞥。那麼純白的花色卻釋放如此令人想入非非的氣味，原來花亦不可貌相。金黃色的天地間有一種喧鬧後的沉默，連隨身的影子也含蓄而內斂，規矩的踩著小步，陪著午後的秋陽散心。

夏日熱鬧的虛幻忽然就這樣走遠了。我在水邊看到自己落寞的神情，相較於明媚的藍天白雲反而更帶秋氣，甚至連眼神也那麼安分守己，一點也沒有挑釁的火力。我彷彿與另外一個陌生的自己相遇。坐著坐著我便覺得疲累了，想睡個貨眞價實的覺，睡得死死的，像冬眠的蛇，在睡夢中悄悄脫去陳舊的外皮，除去霉溼的記憶，醒了在鏡子裡會驚豔煥然一新的自己。褪色的皮膚確實像是蛇在蛻皮，落髮如落葉隨季節的轉移而逐漸飄零。洗澡間隨水勢蜿蜒的髮姿，眞像一堆從我身體分裂出去的小蛇。落在客廳和睡房的則和貓毛相約嬉戲，在風中糾纏翻滾。我的身體和心情竟也開始換季了。

夜裡我在書桌前翻食譜，本想用一頓好飯安慰疲憊的靈魂，卻久久未找到引起食慾的菜色，倒想起和那人逛街時買下的一瓶紅酒。原是好玩趕搭時髦的列車，順便用來誘捕睡眠。那玫瑰色的汁液灩瀲如血，香氣生機盎然，讓我一時興起，喝下一杯，臉頰微熱，如有一把小火從體內慢慢燒起。突然想起答應了那人先在家裡訓練小小的酒量，好陪他淺酌。然而此時一切都無所謂了，身體多的是紅勝酒的血液，不少那麼無關緊要的幾杯。何況季節過去，一切都已成過去式。那麼，且以小酒一杯相送過往，我該收拾起夏的慵懶，起身，爲櫥子裡的衣服換季了。

——原載一九九七年十二月二十五日《自由時報》

驚情

那是一個尷尬的記憶。一封情書，它始於浪漫的想像，而終於戲謔的結局。至今我仍記得它笨笨傻傻的氣味，令人想起帶點油垢味的木料地板，肥滾滾的小黑狗沒命的搖尾示好，或是企鵝走路的滑稽。這樣的形容未免汙蔑情書的浪漫，褻瀆了它的唯美，可卻絕對忠於當時的感受。

回想起來，那眞是一段荒涼的歲月。同年齡的友伴臉上，或多或少都有忍不住的青春爆裂，光潤的痘子那麼飽滿瑩亮，甚至紅得有些刺眼，像在嘲諷我徒有品學兼優的虛榮，內涵卻如此貧瘠，一年下來竟然孵不出幾顆像樣的青春之籽。好不容易額頭有點小小的騷動，那膽小的幼芽卻畏畏縮縮的躲在瀏海後面，似乎深以炫耀年輕爲罪。

也許是青春的力量太龐沛，我特別喜歡耗費大量體力的運動，尤其是打羽球。只要逮到機會，我總不會放過殺球，刷！快、狠、準。瘋狂的力道。球不偏不倚，恰好落在邊界上！漂亮！好像幹掉一個世仇大敵。當然，最好對方被那突如其來的狠勁嚇一跳，我便因此得到類似惡作劇的滿足，一種復仇的快感。因爲無法忍受那種殺氣騰騰，欲置人於死地的揮拍方式，女隊友後來紛紛離我遠去。我更樂得和精力過剩的男隊友廝殺，他們回我以更強悍而有力的反擊，挑戰我源源不絕的鬥志，充分滿足我的暴力美學。球場成了我的殺戮戰地，每一次的殺球都十分愉悅，好像處決演算不完的數學習題。我在汗水裡揮霍過剩的青春和躁鬱。

鬱悶的青春期，人像活在沼澤裡。鏡子裡的自己渾身散發出一股帶著體制和規矩的呆板氣息，那樣聽話的髮長，那麼不逾矩的乖巧表情，正派善良的眼神，和絕對不敢短過膝蓋的裙長。該死的白衣白裙，讓整個人形如學校的零件，和硬體契合無間。

沒有人陪我廝殺時，我便游泳。因爲早早回到家的我，總有說不出的焦慮。無論有多少積累的功課，都制止不了泡水的強烈慾望。也不知道從哪兒來的精力，我可以從赤道如火的夕照游到星光滿天，從躁熱到平靜，泳池吸納了我的憂鬱，難怪池水藍得那麼美麗。

就在這樣枯淡的日子裡，我發現了那封情書。

它的空降令我不知所措。受了驚嚇似的在尋找一個可靠的藏匿處時，我的心情充塞前所未有的慌亂和狂喜。我不知它如何潛入我的書包，事先沒有任何預兆，我的眼皮沒有跳，耳朵沒有癢，也無沒來由的打噴嚏，游泳時既沒抽筋，打羽球時也沒擊傷自己。週六整理書包時，啪！它就這樣掉出來了。我從來沒有想到，當自己的名字以「情書」收信人的姿態出現時，會讓自己如此飽受驚嚇。信未細讀，匆匆便把它塞入數學課本裡。至於要學松鼠儲藏糧食那樣日後再細嘗，或是如埋葬屍體之後再不出土，我尚來不及想。

闔上課本，又覺不妥，於是取出，置入書套和封面之間的夾縫。嗯！還是不對，遂又塞入華文課本裡，數學太不人性，還是華文比較溫暖。轉念一想，我又何必那麼善待它，說不定是個討人憎的傢伙。最後決定把它安置在馬來文課本，它是中性的，一科我既不討厭也不喜歡的科目。這樣即使是封令人不悅的信，我也沒因待它太厚而吃虧。千迴百轉的折騰之後，我自認找到了一個讓自己較滿意的處理方式。但是，更重要的事情是，到底署名「仰慕者」的鬼祟傢伙是誰？整晚課本對著我傻笑，我對著課本發呆。

下午打球時，那個平常小球打得極刁鑽的高個兒演出有些失水準，挑那麼高的小球，差點被我凌厲的殺球擊中「重要部位」，瞧他那副元神出竅，剛從深淵被撈起來的落魄表情，嗯！有點可疑。開學以來坐在我後面的那個轉學生？總是藉故借筆借筆記，要不就問那麼簡單的字，說話時老盯著自己的手，我的臉有那麼莊嚴讓他不敢直視嗎？剛才匆匆一瞥，很難判斷那字跡究竟是不是班上的男生。我希望是，那就不必考慮，一把火毀屍滅跡。那些「哥兒們」個個粗枝大葉兼口無遮攔，何況根據我反覆修訂的理想版本，夢中情人的標準早已超乎凡人的境界。

但我其實更希望不是。那封情書充滿青春的誘惑，它是一顆碩大無比的青春痘，儘管被藏起，我仍然可以感覺到它的熱度穿透書本，射出灼眼的光芒。整晚我的視覺遲滯在同一頁課文，思緒遊走迷宮。腦海裡盡是密密麻麻的痘子在滾動，好不容易熬到家人相繼睡去，暗夜中我再度與它相見。

我不得不承認自己的失望。當然那是一封貨眞價實的情書，但是天底下竟有人用鉛筆來糟蹋它。那張素白的信紙，不知怎麼，它讓我聯想到一副愚蠢的表情。白紙上有擦了又擦的痕跡，顯然是個拘謹又沒自信的人。這封情書讓我的綺思大受打擊，白白的信紙和灰灰的字跡，沒有生氣沒有活力，像我們的校服，一絲不苟的校規，它嚴重冒犯了我當時的色彩美學。好吧！即使我可以不在乎這些不得體的「面子」問題，它的內涵也嚴重貧血，措辭捉襟見肘，我一向迷信並且臣服虛榮的「才氣」，那封信連「聰明」的起碼標準也沒有，甚至還彌漫著一股令人不悅的笨拙氣息。

我十分沮喪，有些被騙的受傷，但卻沒有扔掉它。一個月來，我懷著微弱的期待，揹著一封不明的「情書」上下課，好像藏著一個令人痛苦的祕密。或許我還妄想印證那不悅的直覺是一個錯誤，或者，只是不甘心青春如此惡劣的對待。我做過千百種不同的假設，幾乎身邊所有的男生都成了嫌疑犯。那封情書，它就在我持續的猜謎中周遊各科課本，也和我的筆記相伴。一次不小心，它竟然伴隨我的日記親密的度過一晚，第二天發現時，簡直痛不欲生。

這樣的朝夕相處卻讓我對它發生了莫名的情感。也許是一種類似自我解嘲的自救本能，我試圖說服自己，那直覺是錯覺，或許是一種與「笨拙」性質相近的「羞赧」，就像鄰家男孩的羞澀微笑，帶有幾分可愛的稚拙。

黃昏從學校回來，我總是與那帶著足球的鄰家男孩不期而遇。巴基斯坦和華人的混血兒，深邃的五官充滿耐人尋味的繁複，裹著陽光的黝黑皮膚，T恤、短褲，騎著腳踏車的身影，和微笑一起閃過，連從他身後吹來的風，也有一股不羈的狂野，那是由汗水、泥土、青草調配出來的青春氣味，像剛從樹上摘下的青芒果。剛讀完《安娜．卡列尼娜》和《飄》，我把滿腦子的浪漫幻想投射到現實裡。男孩的野性美，是和呆板體制相抗衡的力量，而我小心呵護的情書，或許也有一絲那樣的意味，它和小說一起為我覓得一個遁逃的空間，讓叛逆的我，得以倨傲的藐視世人所稱頌的正面價值。

第二封「情書」出現，卻把我從幻想的雲端摔到殘酷的現實。這回倒是有名有姓——我寧願他隱姓埋名，就當是做善事，製造一種假相的幸福給我寄居。是隔壁班那個連續兩年保持第一名的男生。眼神凝滯，一副痴呆模樣，好像隨時要流口水的那種。因爲架了超越負荷的眼鏡，鼻子呈現半崩塌的狀態。我很懷疑他的第一名要用多少個無眠的夜晚才能換來。每次在走廊上相遇，我都忍不住想告訴他，除了書本以外，世間所有的東西都十分有趣。他該不會誤讀我的憐憫為憐愛，一如我把他的痴情誤解為痴呆吧！

很長一段日子，我忍住想把他的頭扭下來的衝動。憑我殺球練就的腕力，兩下，我相信，只要兩下，就可以輕易把他塡滿課文和考試的頭顱扭下來。他永遠不知道，在我的想像裡，他已經被謀殺了不下千次，以一種乾淨，迅速，不流血的死亡方式。我在腦海裡演練了各種不同的場景，想像他適得其所的死法。那種死亡的力量是青春的暴力，來自少女強烈的自尊，以及被愚弄的憤怒，或許在某種程度上，認定他亦謀殺了我青春的夢幻吧！

然而，也僅止於此。我依然和他擦身而過，假裝甚麼都沒發生。只是生活裡確實有了一些變異，譬如那種笨笨的氣味從此長存記憶；終於不再害羞的青春痘，勇敢的長在臉頰和眉梢。那是青春的不安與騷動。我領略過。我記得。

——原載一九九八年三月《聯合文學》

忘記

我想認眞整理漫無章法的記憶，還是大掃除後的事。

那天我捧著一杯熱茶，倚在三樓的陽台欣賞自己辛勞之後的成果——一樓的垃圾桶裡擠滿各種各樣的容器，我想垃圾桶一輩子也沒有收集過那麼乾淨美麗的「垃圾」。那是我從家裡揪出來的瓶子，它們曾是飲料、醬瓜、果醬、沐浴鹽的收容所；還有色彩華麗的喜餅盒子，曾經裝滿人間可貴的幸福和美滿；數量和花樣最多的是餅乾盒，它們表裡如一的美好品質同時滿足過我的視覺和口腹。

這些數量驚人的瓶瓶罐罐，收藏在我早已遺忘的角落和縫隙，像老鼠一樣把它們捉出來時，我不禁十分佩服自己收藏的本事。難怪朋友說我和鼠輩其實有些類似，

「我是指松鼠，牠們喜歡收集食物」，朋友的措辭含蓄而婉轉，小心翼翼的瞄了瞄我的臉色，「呃！我是指儲存食物過冬。」我看他一臉誠惶誠恐的樣子，硬是把罵人的辭彙吞了下去。如今看來，他的話其實也不無道理。我慶幸自己沒有口出惡言，否則面對這些確鑿的證據，我該如何自圓其理？

近來我總覺得家裡日漸擁擠，原來是這些容器擠掉了每一寸可貴的空間。然而眞正令我訝異的是盒罐裡乾坤，我竟然不記得在那些盒盒罐罐裡藏了那麼多古怪的東西。當賀卡、卡片、照片、字條、書籤、枯葉、花屍、小擺飾，以及信件，它們從不同的盒子傾巢而出，像一地重新出土的尷尬祕史，我有些錯愕和茫然。咦！這些東西拼湊出來的就是「以前的我」？有幾封拆過的信件完好的收在信封裡，看來就像是尚未嘗過的果子，仍舊裹在果皮裡。按照我的習慣，已回的信件絕對剔除信封只剩信紙，而這幾封，顯然當成已經回函，了了一件事般就興高采烈收入罐子裡。信封信紙都已微微泛黃，染著被歲月折騰過的痕跡了。時常我不小心一碰，「匡噹」巨響，滾出一個圓筒狀大罐，原來是久藏的信件疾聲求救。好些寄信人早已不再來往，我亦忘了他們的聲音和長相，忘了爲甚麼交往，忘了爲甚麼沒有回信，不自覺的讓他們成了我生命中的過去。

這樣也好，生命中總有些事必須這樣淡出時間淡出記憶，在一種沒有痛楚沒有撕裂中悄然消翳，像換季時的落葉和落花，至多喚起細微的悵惘，那一絲悵惘也很快就被微風銜走，最後，連那絲悵惘是否曾經存在，也都不復記憶了。

這也許是一種幸福。記憶如果是人類堆積和收藏情感的容器，那一定要有忘記這種剛好和它相反的清理能力，一種和慵懶、自由同性質的東西，令人覺得活著不是那麼沉重和擁擠，生活中還有閒情和餘裕。當這兩種力量交戰的時候，精神便處於恍惚的狀態。有時我講著電話，嘴上禮貌的「哦」「是啊」的應著話的時候，其實腦海裡一片空白，如同被放逐到時間停擺、空間壓縮的所在，暫時逃離自己也逃離對方的語言牢籠。這樣的神志出竅暴露了自己心不在焉的渴望，渴望忘記自己也忘記對方，忘記這個需要不斷累積記憶的世界。

這是個需要記憶的世界。從小我們就得學習記單字，記長輩的尊稱，記整個愈滾愈大愈來愈複雜的人際網絡，生命中出現的每個人每片風景，以及許多重要或不重要的事情。我們被一套記憶術訓練得有條有理，好符合社會的規範和秩序。忘記單字和課文是爲智商不高；忘記長輩被斥爲沒有記性、沒有禮貌。

然而我總是無法管制自己的記憶，我相信這是因爲小時候沒有被大人的記憶術訓練好，或是在記憶和忘記的天秤上，我總是嚴重傾向和慵懶、自由掛鉤的遺忘，抑或是很單純的「怕麻煩」，就乾脆把需要記住的事情趕出腦子去。這樣摸索出一套強大的忘記術以後，我終於領略到忘記的麻煩。現在我需要大量的筆記本和字條幫忙過生活，提醒我要處理的蒜皮小事和購買的零碎東西。

我懷疑忘記是一種會繁殖的細菌，它逐漸吞噬了記憶的領域。譬如迎面而來的同班同學，上個星期的某堂課，他就坐在我身邊，我們還攜手批駁老師的觀點，爲了共同取得的勝利而交換過會心的微笑。然而，事隔七個晝夜，遠處迎面而來的這位「戰友」究竟姓啥名誰？我明明認識他，他的長相和微笑，說話時正好側對我的，左臉頰上、嘴角旁那顆痣，當時我還責怪那顆痣洩露了他貪吃的祕密。但是，究竟，他叫甚麼名字？我只好一面苦苦思索，一面對他笑，藉以掩飾自己的不安。他亦笑著和我擦肩而過，沒有想到我心虛的笑面只有薄薄的一層，一戳就破。我拒絕承認這是健忘，當然更不可能是提早到來的老年痴呆，否則我怎會記得所有的細節，而獨獨忘記那人的名字？名字和長相又沒有必然的聯繫，姓高的人不見得高，叫「小×」的，到了八十歲也還是「小」呀！一定是我的記憶軟體出了甚麼差錯，可能寄居了一種沒人抓得出來的病毒，或者是他的名字不小心被一個重要的檔案覆蓋了，也可能根本就是我的腦子拒絕「名字」這種抽象的符號。

每當我翻開名片冊，總是遇見一串陌生的符號。他們是誰？我在甚麼狀態下收集了他們的名字？我們顯然曾在時空的座標上相遇，然而那一切都被記憶放逐了，曾經交集的語言和情境便成爲半夜一個不在意的夢境，滯留在昨夜的時空裡，醒來，便澈底忘記。

也許我該慶幸，慶幸還能夠忘記。我深信記憶的區域有限，所以其實每個人的記憶體都會選擇性的忘記。更正確的說法是，「忘記」是一匹不聽使喚的牧羊犬，牠自定牧羊的規則和把戲。尤其在詭異的暗夜，記憶的片斷像許多蜂湧出洞的蛇，時而糾纏起舞，時而追趕溫馴的睡眠；或者就是一群蠢蠢蠕動的蚯蚓，翻鬆記憶的泥土，翻出許多我以爲已經埋葬的人和事。然而那些人事因爲年代久遠，只留下模糊的光和影，如偶爾浮出水面的游魚，只是閃了閃，就隱沒在水底。

只是一些光和影，就沒有了蹤跡。經過日復一日的睡眠和生活中數不盡的例行瑣事之後，再美好的記憶都已塵封，只剩下虛幻的光影。就像朋友問起，以往怎麼過年。我愣了一下，從來沒想到「年」怎麼過去。它以甚麼姿勢操著怎麼樣的步伐，從舊曆走到新曆。台北的年讓我泛起冷顫，老是溼答答的，像條擰不乾的滴水髒毛巾，色調陰冷而灰暗。去年返家過的是「熱」年，被赤道暴烈的天氣和過年的熱鬧逼出一身高燒，迷迷糊糊的就這樣過了一個燙人的年。更早的、少女時期的年，也只留下令我膽裂的鞭炮聲和吃不完的零食，這樣極其簡約的印記。

然而我還是嫌自己的腦袋太滿，像日漸擁擠的家居。當我輕而易舉的把經年蒐集的容器清除出去，看到房子那種輕鬆和舒爽的模樣，不由自主的也想要整理凌亂的記憶。可惜數量浩瀚的記憶不是隨便可以打發的實體，它藏在腦袋的每一個皺褶，躲在小小的縫隙，愈想丟掉的愈是頑固，像一大團結構複雜的線球，那許許多多的線頭，揪得出一頭卻理不出整團，只有愈扯愈亂。心痛的記憶尤其不宜整理，那是成精的老樹伸出強有力的根鬚，每一個縫隙都附著著它的惡勢力。只有讓人厭煩的人事最好打發，那是抹了過多奶油的吐司，記憶對它根本就失去了蒐集的興趣。

我一面挖著葡萄柚，一面想著重整記憶的大計。果肉的瓣絡緊密，錯落有致的紋路形成一個繁複的記憶體。晶瑩的果粒在齒間崩裂，如果這就是殺死一個記憶的感覺，那微酸微甜的滋味會唆使我不計後果的去謀殺所有的記憶。吃完的時候，我突然發現，不對，如果記憶全都掏完了，我是不是就像這層軟軟的果皮，徒得軀殼而已？

我自然知道自己無法澈底忘記。就像狠下心丟掉的那些罐罐瓶瓶，在日積月累的生活中，它們一定會再次霸占我的空間。那麼，即使我騰空腦海的記憶區域，還會有不斷搬遷進來的片斷要填補進去。

我忘記了——其實，我根本無法忘記。

時間的焰舞

火焰的紅舌把信件都吃完之後，雨水終於緩緩落下。那眞是一場天人合一的完美火葬。我站在屋簷下，目送灰燼悉歸塵土。斜斜飄到身上的雨滴微涼微暖，也許吸收了陽光和火焰的能量，皮膚感受到被水滴疼惜的快意。

那個下午，我就這樣看著收藏多年的信件化成灰，那用藍色黑色墨水寫成的字跡一顆顆滾入火神的舌頭裡。打火機點燃的火苗像小孩般雀躍，先是小心翼翼舔了舔那張嫩黃的紙張，好像在試吃新鮮的乳酪。滋味顯然不錯，因爲它馬上加快吞噬的速度，迅速再啃下厚厚的那疊水藍信箋。那是一疊被濃情蜜意浸透的傾訴，甜膩的滋味誘得它食慾大增，毫不猶豫的張開血盆大口猛嚼底下式樣華美、色彩繽紛的信件。

這是一批分量最輕情感最重的東西。我以爲清理它們會像赤腳走過玻璃般疼痛，結果沒有，反而是一種輕快的坦然。這一趟返家我不斷在整理東西，或者應該說，我在清掃已逐漸殭死的回憶。那些紀念品、卡片、小飾物，乃至信件等在時過境遷之後，已漸漸失去生命和情感，它們就像一堆時間的屍體，或者像嚼過的無味口香糖、瓜子殼、糖果包裝紙，是該丟棄了。只是我仍不捨得讓它們和發臭的垃圾爲伴，於是用紀念品和小飾物賄賂了幾個常幫我跑腿的小朋友；至於信件，它們曾經負載太多起起落落的情緒，記錄了情感的晴雨，必須有浪漫的歸宿，而我所能想到最詩意的方式，就是讓它們化爲輕煙，或者變成灰燼重回大地。

沒想到還有完美的大雨。那些曾在字裡行間匍匐的情緒將流到土中，只有那株開花的茉莉吸取了那些不能洩漏的祕密，除非有人能解讀茉莉花香的密碼，否則，那些文字便自此消隱。

這些日子以來，我不斷在重新認識過去的自己。重閱國小到國中的日記，那些稚氣羞澀的情感令人赧然，現在對以前那個極度神經質、對人對事都過分潔癖的「我」只能嘆息。也許這樣的孤僻讓紀念品和信件不成比例。魚雁往返的朋友只接收由文字發出的訊息，不知隱身文字背後、活在現實裡面的這個人是如何難以相處。愈有個性，紙上談情便愈能透顯獨特魅力。靠想像和幻想度日的年紀，等待和書寫支撐起整個虛空的中學生涯，於是愈沉迷，便像採礦一樣，愈是容易挖出個性岩層裡古怪的一面。

畢業之後，那些信件便越來越少，像一段段逐漸疏離的褪色感情。我從文具店蒐集來各色花枝招展的信紙，後來一直悶悶不樂的停滯在原來的厚度，漸漸失去迷人的風采。曾經那麼執著而認真的寫長長的信，藉以抒發自己的憤世嫉俗，即使隔天考試也置之一旁而不顧。沒有想到最終卻以這樣絲毫不感傷不惋惜的結束落幕，並且再也不復記得那些書寫者的名字，甚至連疏遠的原因也不甚清楚，就這樣莫名失去寫信的熱情了。

讓人稍感留戀的是日記。我翻閱年少的自己，同時在日記本中發現一枚枚早已乾癟的花屍。絕大部分是九重葛，卻已不辨花色，一律枯褐，辯稱那是蝴蝶標本想來也有人信；少數是玫瑰，我得承認這是偷採自鄰居的花園。它們太碩美，我每天推開窗口就望見對面那一朵朵跋扈的花苞，終於忍不住偷摘了第一片，再來第二片、第三片……。我始終心安理得的理由是，每朵花我只摘一片，於整個花形無損。另外幾片當書籤的落地生根，原本葉子已長出鋸齒狀的細根，卻因爲長久被關在黑暗的抽屜，以致肥厚的葉片成爲一撕即破的薄翼。日記裡還有一些已萎縮得分不出花類的東西，約略是一些鳳凰花、水梅和火焰木。這些葉片竟然已保存八年以上的歲月，如今它們都老了，像昔日貌美、而今已老態龍鍾的老阿嬤，仍然有一種溫馨的老態。

最令人珍惜的是那幾根貓鬍子。那是獨一無二的紀念——來自我家那隻名爲喵大的老母貓。十年過去，老貓早已仙逝。當年摩擦門檻的壞習慣，使牠成爲一隻幾乎禿了鬍子的貓咪。掃地時常可撿到牠跟門檻親嘴後留下的證據。那幾根鬍子彈性依然，而且挺直雪白，是我們共同生活過的標記。那天的日記這麼憂心的寫著：「又撿到喵大的鬍子，這是第七根。沒有鬍子的貓捉不到老鼠，也會失去衡量洞口大小的能力，這樣就不是一隻敏銳的好貓了。」

我保留了花葉和貓鬍子，以爲自己可以毫不留戀的割捨過去，卻依然忍不住想留下蛛絲馬跡。記得那段一直躲在黑暗陰影裡的年少歲月，我常沮喪的想，人應該活短些，但要過得熱烈些、精彩些，像一隻燒得溫暖的爐子，冬天的一鍋熱湯，充滿四散的光和熱。但是現實正好相反，日子過得索然無味，每天硬啃厭煩的教科書。我絕望的想，大概自己會長壽，像巷尾那位頭髮快掉光的老太太，成天坐在那裡發呆。本該耀眼奪目的青春期，我過得一如穿在身上的校服——白衣白裙，盡是蒼白一片。那些繽紛的信紙和花葉如粉彩一片一片剝落，卻無法粉飾耀眼的白。

入夜後雨停了。滿屋子都是飛蟻蠕動的肉身和落翅，輕輕薄薄的像落花。我在燈下整理中學時代留下的作文簿，一共十五本厚厚一疊，令我驚詫的龐然數目。我竟然在六年時間虛構了那麼多的故事，再把自己置入想像的情節，不斷修飾和重塑，以紛歧的面貌和不同的個性去參與虛構的遊戲，藉此遊離和逃避現實的無趣。一位老師爲我編織的故事感動不已，寫得滿紙的眉批；有一位則在文末打了個問號，說：「眞的假的？」學期結束了我才敢回答：「作文嘛！自然是『作』假出來的，不然就是日記了。日記還能給人看嗎？」我記得那時總是想盡辦法把老師給的題目寫出題外，出走到一個我想去的烏托邦，就像寫信一樣，充滿反抗的快樂，享受假作文之名而行幻想之實的快意。只是末了，必須想辦法跑回題目來結尾，因此文末總有欲蓋彌彰的痕跡。

也許這是另外一種形式的日記。我翻閱這些即將燒毀的作文冊，重讀那些稚氣的句子，倒有旁觀者的樂趣，彷彿那不是我，是一個陌生人拚命想摔掉現實的束縛，卻又不敢明言相告，以至於遮遮掩掩。至於閱讀日記時，書寫的那個「我」則是直率坦然，慓悍的批評生活的無意義，字體飛舞潦草，一副只恨吐得不夠暢快的姿勢，和作文兩相對照，拼出一個連我也訝異的自己。

那終究也已成過去。明天這一大疊時間的骨骸也將火化仙去，也許該有一陣大風，讓灰燼化蝶飛舞，飄到洪荒宇宙裡。

——原載一九九七年四月二十五日《自由時報》

給時間的戰帖

至今我仍保留一疊發黃的信件，連帶信封按照時間的順序躺在抽屜裡。有些信封的字跡讓雨水刷淡了，便暈開來形成小水灘，毛筆寫的字粒像被風雨打散的船隻，靜泊在墨色的湖泊裡。那斑駁的痕跡又像揉散的瘀血，被時間稀釋、沖淡了，瘀傷卻總不見痊癒，用那頑固的顏色長年累月無聲的喊痛。

以往郵差來送信，我若在三樓的陽台守望，總是能從他手中的一大疊來信中，輕易辨識出那獨一無二的渾厚書法。我的名字和地址安穩的坐在特大號的黃色牛皮紙信封上，像鄉下幹粗活的農夫四仰八叉躺在翻耕的黃泥地。那字體又黑又粗，夾在一大疊秀氣娟細的硬體字或印刷體寫的信件中，尤其顯眼。若下雨時被雨腳踩過，那些字體便分化作墨色細流，以無比忠實的姿勢記錄老天的脾氣和嘴臉。然而書寫者的身形和字跡正好形成強烈的對比，那仙風道骨的身形屬於瘦金體，而非如顏眞卿的渾厚，一副力拔山兮的陽剛威武。

然而，力拔山兮或許眞有它不可逃避的宿命，於是剛健的鐵筆銀勾和大氣魄的架構便成了眞實生命敗陣的嘲諷，它的敵人，正是那個稱爲「老」的討債鬼，到了時候，他總要討回當初借出的精力和青春，連本帶利狠狠搾盡生命僅剩的一點資本，扔下一具不值錢的臭皮囊，讓人繼續苟延殘喘。

老人也許是用飽滿的筆力抗拒日漸萎縮的生命力吧！那些字體雄赳赳氣昂昂，一如壯漢摩拳擦掌準備大展身手，氣色那麼潤澤光采，有用不盡的活力要去揮霍去釋放。我卻沒有耐心把寫字當藝術，一筆一畫去經營，那些步履不穩的字看來像是還沒學走就急著想跑，踉踉蹌蹌的冒失相。那不成器的字體是我們共同的遺憾吧！他的無奈是對我無計可施，我的愧疚則是字體依然沒甚麼長進，盡是兩筆趕作一筆，緊張兮兮的充滿急著被完成的痕跡，豎是斜的，橫筆發抖，很神經質的樣子。硬體字如此，書法就更不堪了。那樣彆扭的字無疑褻瀆了老人的信仰，他很有耐心的對著那些臃腫的墨豬皺了皺眉頭。

從小我就看他寫字，一如習慣看他打掃校園、修剪花草。他一直住在學校旁邊的房子，和我們毗鄰。父親說他是遠親，但這層親戚關係或許太疏遠，連父親也說不清。偶爾清晨從夢中驚醒，我總不忘從二樓的窗戶尋找掃帚和落葉的大聲爭辯。老人在清理操場，奮力舞動掃帚的姿勢一如揮毫疾書，勢如狂風掃落葉，沙沙沙。我便在那溫暖而熟悉的節奏中安然睡去。

我原來只是對那管毛筆好奇，軟軟的一撮毛套在竹管裡，很像嬰兒細軟的毛髮長錯地方長壞了形狀，因而總有要去撫一撫的衝動。新買的筆毛則雪白潔亮，攏成飽滿的水滴模樣，那彈性和柔軟度多像貓鬍鬚，新筆拿在手上就像握一把貓鬍子，隱約還有貓群的抗議。他鋪好報紙，也不磨墨，只把罐裝的墨水倒在印有福祿壽喜圖案的青瓷小碗，命我端坐，於是便開始我寫字的啓蒙教育。

我自此落入字魔手裡。必得正襟危坐，如臨大敵的正經事違逆我的脾性。更何況柔軟的毛筆根本不聽我的使喚，分明是輕輕落下的一個小點，卻迸出一片黑斑，毀了前面戰戰兢兢保養得體的字顏；本該是飄逸的一撇，不小心在最該纖細的尾端使了力，整個字便像小松鼠拖了條極不相稱的狐狸尾巴；頂天立地筆直的一豎，卻讓我顫抖的手寫得搖搖欲墜，還寫出了橫畫之外，宛如房柱衝開了屋頂，整個架構顯得突兀又奇怪。至於穠纖合度，蜂腰豐臀的橫畫到我笨拙的筆下，變成了水桶狀的肥筆。全篇寫下來，一個一個歪七扭八的字做出稀奇古怪的表情，像一張張小丑臉孔，紛紛擠出滑稽的樣子引人發笑。經過老人軟硬兼施斷斷續續的教誨之後，它們依然不聽使喚，那些筆畫繁多的字，在宣紙上坐成一坨發壞的麵團，變成令人哭笑不得的「字糊」。於是我越發沒有興趣，覺得那間房子像座「文字獄」，老人是那個專養字蠱的字魔。然而他尋我去寫字的耐心一如他對書法的一往情深，校園打理完畢，經過我家便喊我，不等回答便逕自回到窩裡開始他的「造字」工程。

老人喊過便算盡了責任，常常我悶不吭聲假裝不在。但是曠課久了也會良心不安，便去露個臉，胡亂寫幾個字安慰老人也安慰自己。推開虛掩的門入室，一片明亮的陽光賴在靠窗的懶人椅中還不肯起來。我習慣坐在桌子旁邊的籐椅上，窗外的苦楝果和鳳凰花勾肩搭背，樹蔭下凳子上坐的是枯葉和落花。一切都靜止了，只有那寫字的手勢流動，字跡像一條河，從體勢自然的東晉緩緩流來，那是王羲之的〈蘭亭集序〉，流暢的優美線條像春天出遊的小蛇，沿著小路悠閒的滑行；又像藤蔓上那深深淺淺不同的綠葉在隨風款擺，順著屋簷疏落有致的攀爬下來，不時愜意的伸個懶腰踢個腿。那迂緩曲折的線條停在「俯仰之間，已爲陳跡」，落筆處，一聲長嘆爲這句寫下最完美的注解。

也許寫字只是障眼法，他並不眞想製造那麼多字屍，而後一把火焚毀。一個對人世還有企圖，對書法有野心的人，不會只甘於在舊報紙或廉價的宣紙上塗塗抹抹，他把寫字當成欺騙時間欺騙「老」的方法，用魏碑凌厲的氣勢充實枯瘦的身軀，那如斧劈的起筆和銳利的收勢，想要斷開的是永不停止的時間之流。柔軟如胎毛的筆運出的是千鈞之力，他練字如練拳，下筆虎虎生威，一橫一撇一點一捺招招直取敵人要害，一幅字揮毫下來，如有萬馬的雄渾力道自遠古的時空奔騰到紙上。

我仍舊斷斷續續的練字，爲了應付他，或者應該說，討好他。一個孑然一身、脾性孤僻的老人，別人都當他是閻王，我卻中了字蠱的地不時去找他。那字一寫就是十幾年，他灰白的頭髮全白了，離家後我絕少寫書法，卻不時寫信給他，報告些瑣碎的事，包括學會電腦連硬體字都很少寫了。信還是用原子筆，還是那手不登大雅之堂的字。老人偶爾回信，寥寥幾筆，卻是工工整整的顏體，寒暑假回去，時空彷彿倒流，他依然沒甚麼朋友，仍舊不停的寫字。我們都拙於言辭，見面總要說個理由，寫字就是理所當然的藉口。那管毛筆生疏之後，再握起來似千斤重擔。我的字看來仍是坐沒坐相，站沒站相的很沒規矩，在他一絲不苟的顏體字前，那些不守規矩的字痞子羞赧得有些無地自容。

老人的字功隨著修行的時間增加而更深厚起來，到了抓到甚麼就寫甚麼的境地。一本我遺漏的《古文觀止》，他反反覆覆的抄了五六年，用隸楷行草不同的字體抄，連報紙也順手拈來，甚至工具書也不例外。別人從《辭海》查出鏗鏘的音讀，他則泅泳文字的海洋，撈出瀏亮的文字不厭其煩的複製，一部《辭海》早已翻得面目全非，裸露的第一頁檢字部首灰頭土臉，有些難爲情的躺在那裡。

這樣走火入魔練字如練功的生活，把顏體餵得愈來愈雄壯，那些字體吸收了人的精血，顯得潤澤光采，氣宇軒昂得簡直可以直奔戰場衝鋒陷陣。寫字的人卻更加內斂精瘦，像要剔盡血肉還諸天地。字群吃掉無以數計的報紙，大剌剌的踩在印刷體上，把印刷體當背景襯托自己的特立獨行，於是那密密麻麻的印刷字便顯得廉價而庸俗起來。不只一次，老人對滿街制式的招牌發牢騷，連面子都顧不好，生意怎麼會好？招牌總要有個性有美感讓人眼睛一亮才是。字如其人啊！小子妳的字就和妳一樣懶散。

而現在連懶散的機會都沒有了。電腦印出來的字體工整又清楚，一想到寫字我的食指關節就疼痛抗議，以往因握筆用力過度而長繭凹陷的第一關節，想必對筆這種不合潮流的書寫工具恨之入骨，對電腦疼愛有加。敲打鍵盤的輕快和速度取代了手寫，印刷字整潔的模樣掩飾了手寫字的潦亂，那些像蚯蚓一樣扭來扭去的線條，最好躲在深深的泥土裡不要露面。有時候某個字苦思不出它的長相，坐在電腦前卻反射性的把它敲打出來，心裡不由一震，給老人回信便格外慎重，一筆一畫努力的刻，心虛的想到老人送的毛筆，一如那久未在疆場上飛馳的老馬，拴掛在風景膠著的窗口；墨條則病奄奄的躺在硯台上，蓋著一被厚厚的灰。

老人回信總是慎重其事，十行箋上的小楷看得人發呆。因爲習慣那些字體躺在黑呼呼的報紙上，所以特別珍惜背景一片雪白的信箋，一律方方正正，沒有折痕的平鋪放入厚厚的牛皮紙信封袋。我從字體察覺了細微的變化。最早是不動如山的安穩，漸漸的那字體好像受了寒，在微微的發抖打顫，卻又極力裝作若無其事的樣子，那感冒一直沒有痊癒的跡象，字跡一封比一封抖，顯然病情是嚴重了。

那個三十八℃的盛暑，蟬聲和鳳凰花一樣囂張，無止盡的嘶聲不斷催開更激烈的花勢。我一直不喜歡那咄咄逼人的蠻橫花姿，盛氣凌人的火焰霸道得令人難以久處。他就在浮躁的氛圍中埋首疾書，在字海中載浮載沉，但手勢卻控制不住的顫抖，而手臂上星散的老人斑像一雙雙哀傷的蒼涼眼神，默默凝視周遭不相干的燦爛。字還是力透紙背，但那剛勁終究也難掩衰頹之勢。他卻愈發使起性子，懸起手腕大氣揮毫，一撇一勾招招凌厲，筆筆狠準。他愈寫愈快，那氣勢逼出了汗水，額頭上一片晶亮，像戴上勝利的光環，然而突來一個激烈的顫抖，先前辛苦架構的亭台樓閣立時解體。那眞是致命的一擊，快速而有力，他額上的光環刹那紛紛潰散，汗珠墜落，擊在紙上惶恐的碎裂瓦解，最後的字體於是便以未完成的姿態永遠懸擱在那裡。

至今我仍斷斷續續收到老人的信箋，好像因爲我目擊了他的挫敗而不甘，於是企圖力挽狂瀾，要以無止盡的書寫去反擊時間反擊「老」，證明自己源源不絕的生命力。那字跡彷彿在摩拳擦掌，努力揮舞出氣吞山河的慷慨，隱藏悲歌的沉重蒼涼。老人顯然決心與不聽使喚的字蟲決一勝負，不讓那茁壯成精的蟲反噬飼主，儘管那千鈞的筆力像遲暮的廉頗，昔日馳騁沙場的英姿難掩老態。然而他不甘示弱，仍然用那頑強不屈的字跡寫下戰書，拋出一封又一封永不言敗的戰帖。

——原載一九九七年九月二十五日《聯合報》

（本文獲第十九屆聯合報文學獎散文第一名）

卷二　可能的地圖

蟒林・文明的爬行

透過車後玻璃，被極速拋在後頭的耶昆（Jakun）朋友阿曼仍在那兒，用根木材有一搭沒一搭的抽打泥地。黃塵揚起，一轉眼那瘦小的身體便埋沒在濃綠的叢林裡。相處了那麼多天，臨別時連個小小的祝福也吝嗇給我，只別過他那張向來沒甚麼表情的臉，淡淡的說：「妳很快就回到文明了。」文明？我的思緒不禁迷失在茫茫的林海裡。

我並不眷戀這個異域。阿曼那句「回到文明」老教我以爲自己是一件無人撿收的垃圾，終究要被扔回那個亂七八糟的城市。坐上吉普車，經過兩個小時的顛簸、進入小鎮之後，坐長途巴士到吉隆坡梳邦機場，再騰空四個小時，便可直驅台北繁華街道上的公寓。依循阿曼的語意接下去詮釋，如果那裡就是文明，我便是躺在街道上的垃圾。他那麼少開口，話裡卻都是刺，他難道用這麼曲折的方式讓人銘記？

馬來半島原住民族群之一的耶昆族男人個子瘦小精悍，生活不容許他們長出多餘的脂肪。即使有，也只是可憐的薄薄一層精肉，大部分就剩焦黑發亮的皮層驚慌的扯住骨架，成天在山林裡活動的阿曼便是典型。哪天如果不小心拉破皮層，骨架是不是就這樣散塌開來？他一呼吸，一排排的肋骨便爭先恐後想破皮而出。幸好那種瘦法不像非洲難民帶著一層病懨懨的飢色。這些男子終其一身都崇尚精瘦的審美標準，而女人毫無例外都在婚後開始朝大地之母的體型邁進。

住進這個叫「可拉丁」（Kerating）的馬來半島部落，是段意外的插曲。那天火車停在巴東（Batung）車站時，我和諾雅被一大片錯覺造成的火景懾住，原來卻是鳳凰花和美人蕉聯合起來製造的火災蒙太奇。那火海豔絕，豔得連晚霞都嫌遜色，想是烈日驕陽和豐沛雨水潤出的絕色。正讚嘆之際，遠遠看見兩個人扛了一個籠子走進紅色的畫面，小孩亦步亦趨，後面的挑夫頻頻揮手趕人。小孩似乎對籠子裡的東西十分感興趣，愈是被趕愈是揮之不去。兩人停下作勢打人，小孩馬上一哄而散。籠子的眞相揭開。竟是一條大蟒！這下換我倒吸一口氣，心臟微微一縮。牠盤成好幾圈大剌剌的堆滿籠子，綠褐色的豔冶斑紋讓紅花紅霞立時收起野性，潑辣的紅也褪色不少。諾雅不容分說，拉著我就下了車。

那是我第一次吃蛇肉。香辣的咖哩搶走了蛇肉的風采，好奇的食慾和期待的神經卻一點也不滿足。犬齒和臼齒認爲那些塊狀物和雞肉沒甚麼兩樣，「這肉質簡直是老母雞。」我聽到聒噪的舌頭不屑的批評，神經卻開始微微不安起來。那條巨蟒就要化爲自己血肉的一部分，如此親密的結合意味著非比尋常的關係。尤其我曾親眼目睹牠由生而死的過程，並且參與牠的祭禮。殺蛇者熟練的把昏死過去的壯碩蛇身吊在樹上，利刃飛舞，詭豔的蛇皮迅速褪盡。蛇皮和蛇身脫離的剎那，我彷彿聽到一聲輕細的長嘆，那裸露的粉嫩肉身輕晃，彷彿有蛇靈死不瞑目的嘶喊。牠的胃裡殘存雞肉和羽毛混合的食糜，以及乒乓球大小的蛇蛋數枚，柔軟彈性一如蛇身。也許牠對死亡並不恐懼，令牠耿耿於懷的是，在眾目睽睽之下被剝除美麗的鎧甲，而且那麼多人看到牠去皮後的裸露身體。

蛇肉的燥熱加上咖哩的催化，以及炎熱天氣的助威，隔天我的鼻血像打開的水龍頭，止血的棉花堆成小小的血山。難道這是蛇妖報復的開始？午睡夢寐之際，風動林蔭發出如疾雨打葉的聲響。從窗口望出去，我好像看見叢林暗處，有一對詭譎的眼睛如發亮的綠寶石，定神再看，卻依然是深沉的暗綠，只有颼颼的風葉聲，恍如蛇妖走後，留下不甘心的恐嚇尾音，不停，不止。

鼻血斷斷續續流了幾天。時常說著話，一滴、兩滴，紅潤嬌豔的血流像小蛇出洞，連見識廣博的諾雅也稱奇。長年在旅途中尋找繪畫素材的諾雅，一見我摀著鼻子就曖昧的笑。日正當午，他卻頂著大太陽揮汗鋤坑，我躺在波蘿蜜樹下的籐製搖籃中，手上抓著一條毛巾擦拭不時冒出的汗。諾雅邊把一個大袋埋入土中邊說蛇骨毒，不能像雞骨豬骨隨意倒了或餵狗了事。一陣調皮的風竄過，喊醒了我假寐的噴嚏。哈啾！那纏綿的血蛇又來了。諾雅又出現教人捉摸不透的笑，那分明是「妳怎麼如此不濟」的調侃。

我們寄住在巴東鎮的民舍裡，諾雅不知從那兒借來一部吉普車，天一亮丟下我，帶了那個髒得丟到水裡就能毒死一池魚的背袋出門。我說盡好話他都不讓我跟，他自認想走的山路是我所無法承受的陡峭，到時候說不定還得把我這個「茶壺」半途送回來。他的臭皮囊每次都帶回一個驚喜，像臭豆——嗅覺想盡辦法擋駕，味蕾卻爭先恐後歡迎。吃完後咂嘴，還聽到味蕾熱烈鼓掌，胃囊咕嚕咕嚕再討。有一次他掏出一個豬籠草給我，裡面躺著倒楣的蒼蠅。那個臭皮囊這下變成百寶袋了。諾雅一天倒提一隻山雞回來，又從袋子抓出一把青椒，一把香茅。我一摸，青椒和香茅都還有熱度，是它們做日光浴時被摘下的。

房子裡有個黑糊糊的大鐵鍋，我邊燒開水邊揭諾雅的底。這個中印混血兒朋友對這山區人生地不熟，恃著馬來語說得呱呱叫，膽敢在這蠻荒出入自如，山裡的猴子絕不是馬來語能溝通，而老虎山豬更非幾句客套話就打發得了的。他邊啃紅心番石榴邊說：「明天我們換個地方體驗體驗生活吧！」我轉過頭去，他正好吐出一口紅色的番石榴心，那顏色讓我下意識的摸一摸鼻子。

大霧鎖住翌晨的山林。蒼茫中猿聲不斷，蒼鷹的淩厲號叫一遍又一遍在山谷迴響。濃霧像假面，修飾了叢林的凶險，讓人錯覺它的單純。屋旁的老虎腳印卻洩漏了叢林的四伏殺機。那一枚枚深陷的軟泥強悍有力，是森林之王的印璽，烙在人類的地盤，公然挑戰的標記。諾雅不顧我的反對堅持入山。七彎八拐的山路震得內臟都怕移了位，紛紛屏息以待。胃終究耐不住考驗，「呃」的一聲門戶洞開，我把胃翻過來大吐，吐得連肝肺都要掏出來了。繞來繞去的泥路簡直在走迷宮，兩邊連綿不變的叢林令人疲乏，我不斷產生草木皆兵的幻覺。在山林所需的勇氣和智慧我都匱乏，車子劈開濃霧前進，我不爭氣的膽子愈縮愈小，想逃離的念頭愈長愈大。也許是錯覺，我總覺得車子因爲這兩股相反力量的作用而減速，終至停下。

不遠處走來兩個中年男子。其中一個伸手往諾雅的右肩一拍。我被這突如其來的動作嚇了一跳，事先他既沒有向我們微笑也沒開口，像偷襲一樣奇快無比的完成了他的招呼。這人就是阿曼，那天的捕蛇者之一。諾雅前兩天就和這貌不驚人的耶昆朋友在山林活動，我因爲他矮小的體型和巨大的蟒蛇形成極端的對比，而對他充滿好奇。

這個小得連地圖也找不到的部落，離巴東近兩個小時的腳程，它用厚厚的雨林柔軟而強悍的拒絕了整個世界。霧溼的泥地上盡是蕨和蕈類，以及有陰謀的苔蘚不斷引誘失神的腳踝。走過那座看來極爲牢固的橋時，諾雅不停的低頭察看。不過是一座簡單的舊橋，他又不知有甚麼特別的發現了。

小小的部落星散二十餘戶人家，遮掩閃躲藏在樹林間。高腳屋的設計是爲預防突如其來的水災，如今大部分人卻在屋下堆了雜物或者養起雞鴨。我們在阿曼的屋裡坐著，談話聲不時被咯咯叫的母雞打斷，或者讓突如其來的報曉公雞嚇了一跳。不過是下午三時許，想來這隻公雞生理失調了。阿曼不知說了甚麼，諾雅又出現他慣有的曖昧神情。

除了誠懇，對於諾雅這個朋友，我幾乎找不到更貼切的形容詞。大學畢業之後他就回到這個以木槿爲國花的赤道之國，來信總不忘自我戲謔並且戲謔我，「來看看不同的世界吧！」這是他信裡最不戲謔的話，但是仍然可以讀出他一貫的調侃。我寄生的世界確實太狹小，可是狹小而熟悉的世界卻讓我覺得安全，是以飛機在海拔數萬英尺的雲海中穿梭、在亂流裡搖晃時，我不由得十分懷念那個小小的安全的家。

自然我不會告訴諾雅這可笑的想法。尤其此刻我們身在毒蛇猛獸蠢動的山林，屋外的叢林裡也許有無數發亮的眼睛在窺探，許多雪白的銳齒伺機想「野餐」。天色昏暗螢火閃爍，木板地下的雞隻騷動，燭火跳起魅舞，無數的影子忽長忽短製造鬼故事的效果。悶熱的天氣焗出一身黏膩的汗，硬梆梆的木板令人輾轉難眠，想到現在睡的這塊地方曾經無數雙腳踩過、汗漬醃過、甚至蛇蝎蠕動過，便愈顯得台北那個窩無比的單純和可愛。那間小小的公寓裡所有的東西都只沾染自己的氣息，外面的環境再髒再亂也髒亂不進來，難怪諾雅戲謔我是城市裡一隻極度神經質的貓。如今寄住的這間房子，家具和用品都積累了陌生人的手汗和體味，記錄了那人彼時的心情和姿態，以及私人的祕密。這讓我覺得許多無形的人正與我共處一室，他們試圖偷窺我的隱私，分享我的感觸。

這個意念剛起，忽然劇烈的拍打聲自四面八方洶湧而來。那聲音震天撼地，夾帶著凌厲的風勢呼嘯倏至，一時間連房子也搖晃起來。諾雅坐起，似乎說了甚麼，話聲立時被凶悍而野蠻的雨勢吞沒。熱帶來勢洶洶的雨迫使人忘記自身和周遭的一切，肅靜聆聽它所蓄發的暴怒訊息，彷彿那幾日來的炙熱是它高漲的怒氣，終至忍無可忍才釋放驚心動魄的威力。雨滴滲進屋頂濺到身上，起初微涼微癢，像小狗的舌頭舔過。漸漸的便不那麼好玩了，雨滴成灘，我們摸黑尋器皿盛水，不時有閃電張牙舞爪助威，急雷在耳膜上擂鼓吶喊。阿曼提來兩個水桶放到漏處，雨聲立刻被鐵皮桶放大數十倍，雨勢也同樣誇張了數十倍。屋外傳來雨林和豪雨搏鬥的吆喝，而我們只能靜待風雨過去，慢慢咀嚼無助的眞意。

儘管無助只是短暫的幾個小時，那幾個小時卻足以讓人的思緒上天下地求神問鬼兜幾十個圈子。第二天阿曼仍然精神飽滿，與猶在風雨的餘波裡擺盪的我形成強烈的對比。諾雅吹著口哨，準備隨阿曼進入風雨肆虐後的叢林，精神委頓的我只想念昨晚被趕走的睡眠。

樹影最短的時候他們回來。過橋時諾雅舉起手來大聲招呼，雪白的牙齒露得過分了些，和他那天過橋時若有所思的笑容形成強烈的對比。阿曼放下背袋，匡噹一聲，裡面求生的傢伙亮出刺目的光。那是兩把彎月狀鐮刀和一把鋒銳的匕首。阿曼壯碩的妻子上來接過痲包袋，袋子動了幾下，阿曼操起身旁的木棍朝袋子猛的一個棒喝，那廂馬上便沒有動靜。諾雅笑說那隻蜥蜴悟道了。蜥蜴？嗯！蜥蜴。諾雅把我的疑問變成肯定：「阿曼要請我們吃好東西。」

我好像回到茹毛飲血、以體力和血汗換取食物的時代。前幾天那些蛇肉已經成了我身體的一部分，這回輪到一隻全身疙瘩，像恐龍一樣的生物。從這座森林出去之後，我的舉止是否更生猛、思想更原始一些？也許我將以蛇的姿勢滑行，或如蜥蜴匍匐疾走於都市叢林。

然而我終究沒有讓蜥蜴在我的喉嚨溜滑梯、在胃裡泅泳，牠的外貌嚇退我的食慾。諾雅說這傢伙被捕時正吞食發臭的雞屍。於是儘管後來他極力誇讚其肉質如何鮮嫩甜滑，簡直可媲美雞中上品，我仍不敢一嘗。不過我得承認，那飄來的香味確實挑逗我不安分的食慾。

阿曼對任何事都一副無可無不可的態度，唯獨對我們不能入鄉隨俗打赤腳頗為不解。他視穿鞋為對土地的褻瀆、對腳的束縛，而我們擔心那沒有見過世面、長期窩居鞋內的腳丫遭蛇蠍的毒吻，以及砂石的挫傷。諾雅那雙球鞋因泡水太久而宣告搶救無效之後，阿曼簡直樂壞了，只見他直起身子，毫不猶豫的對準門口把鞋子用力一摔，它們像兩隻被拋出門的小狗，落地時發出淒楚的慘叫。

諾雅光著腳丫回到巴東第一件事是買鞋。他邊試鞋子邊說赤腳是勇者的行為。然後換了神祕的語氣問我：「你對部落那座橋有甚麼特殊感覺？」我搖頭，他欲言又止，最後撂下一句莫名的話：「我這雙腳，也算踩過人頭了。」

回來台北後不久，諾雅來信問我：「還記得那座橋嗎？阿曼說那橋的歷史久遠得連他們都不知確實年分，民間流傳埋了人頭的橋就會異常牢固，果真如此，我們也算曾在一人之上了。」我拿起筆，用蛇行的字跡回信：「最近我不時有貼地爬行的慾望，蛇妖的魔力無遠弗屆。」寫完，我如蛇般滑入軟軟的棉被，在春雨的包裹中入眠。窗外，霓虹褪盡的夜空黑如神祕的雨林，而那條蛇，正用牠發亮的綠眼對我凝望。

——原載一九九七年六月三～四日《中國時報》

（本文獲第一屆華航旅行文學獎優等獎）

茶樓

我是來尋找，或是證明許久以前在這裡發生的一切，不過是一場頁碼錯亂的記憶……

散落滿地的殘枝敗絮，它們曾是燕子的暖窩，我那枯淡童年的華麗裝飾。挑高的大梁上蛛網和灰塵聯手攻陷星羅棋布的燕巢。在我離開的漫長年月，這裡究竟歷經甚麼劫難，熟悉的咖啡和麵包香味到哪裡隱居去了？此刻，連燕子都棄巢而去，那麼，我還留戀甚麼？

茶樓在歲月的大手搓洗下，竟然如此急遽衰頹。明亮的陽光下，它剝落的外觀更顯猥瑣，冒出牆縫的青苔喜滋滋的宣布茶樓的挫敗，敗在時間和速度的陰謀裡。我坐在時間的殘垣敗瓦裡啜著變質的咖啡，突然覺得連杯子的式樣都顯得老朽而不合時宜。咖啡甜膩的滋味討好發胖的慾望，充滿商業文明的淺薄諂媚。這樣一個炙熱的下午，人們的腳步通通被吸入對面那家新開的麥當勞裡去喝甜甜的可樂，吹凍人的冷氣來安撫毛躁而噴湧的汗水。太熱了，我的額頭鋪了一層細密的汗珠，味蕾因爲沒有找到懷舊的味道而感傷失神。

我邊「呑」咖啡邊嫌棄自己無可救藥的挑剔，這是甚麼時代和社會了，哪一個老闆或伙計，還有閒情逸致，慢條斯理的給客人泡一杯悠閒的「咖啡烏」？它獨有的碳黑與苦澀，已成爲記憶裡荒蕪的碑石。那個騎腳踏車代步、喝茶消磨時間、聽淒愴粵曲感懷人生的古老年代，就像茶樓老闆的鑲金門牙，業已被時代的潮流淘汰。泛黃的天花板上一隻斷尾壁虎探頭探腦，想來牠也不在乎那截尾巴遺落何處，反正會再長，像人類身上不斷剝落不斷增生的皮膚……世事不都如此新陳代謝？何況，茶樓已那麼老態龍鍾了？

也許茶樓從來就沒有年輕過，打從我有記憶開始，它就是老人了。來來去去的顧客也不外乎阿公阿嬤，或腆著籃球肚的中年漢子，偶爾牽來掛著兩行鼻涕的小跟班，圖的純粹是口腹之慾。茶樓的空氣總是瀰漫著一股特殊的味道，像曝晒過度的乾柴、龜裂的泥土。我一直以爲那就是「老」的氣味，這種氣味和咖啡、麵包、砂糖混合得十分融洽，復與沙啞、粗俗乃至不入流的談話契合無間。它的市井、喧譁絕不屬於西裝皮鞋的文雅或高尚。幾個茶房都穿著一式的白背心，裸露在外的皮膚黝黑。肥潤的叉燒包上桌之前，我眨著七分醒的睡眼認眞比較過，阿貴這菸槍的皮膚最像印度仔。他嘴上無時無刻都叼支三五牌的香菸，身上長年累積一股菸臭，令我對他十分反感。哪天是他端來的點心飲料，在口味上都要打些折扣，更避忌他薰黃的手指來摸我的頭。他搭條白毛巾的身影在一桌又一桌的客人之間穿梭，用含著菸的廣東口音愉快的和大家打哈哈，我清楚聽到自己惡作劇的調侃：「羹清無油，鹹魚無條。」於是，笑意便不由得撐開嘴角偷溜出來。

我至今也沒弄清楚，爺爺大清早把我從暖床挖起來去喝早茶的目的，就像我弄不懂客人爲何對阿貴特別熱絡的原因，也許我根本就沒有興趣懂。常常我坐在腳踏車後座，搖著三分醒的腦袋，沐浴著微涼的晨霧朝著街場顚簸而去。彼時街燈猶亮，逐漸明亮的天光襯得它們守夜的眼睛分外無神，總是腳踏車即將行盡的剎那，它們撐不住沉重的眼皮一一睡去。

喝茶的人起得那麼早，唯恐去晚了茶會變味似的。聽說那位紅光滿面的劉老先生，老愛在打完拳，茶樓未拉起鐵門之前就鵠候在外。還在夢與醒之間遊移的老闆，每每被那一聲洪亮的「早」嚇得從夢境裡跌出來。我們祖孫二人這樣披風飲露的趕來竟然算是晚到。

茶樓眞是一個安全溫暖的所在，沸水的煙霧和蒸包子燒賣的水氣把茶樓煮得像暖房，一長盞一長盞的四呎日光燈照得通亮。我置身在這樣的太平盛世裡面，常常嘴裡嚼著包子眼睛偷吃鄰桌的燒賣。爺爺是那種連地上的一分錢都要撿起來的人，我印象中吃燒賣的次數決計不超過五次。

那寥寥可數的五次美味，卻足以讓自此以後所有的燒賣黯然失色。甚至連那一壺菊普茶也成了一種永恆的存在。吃燒賣一定要配上一壺菊普茶，從養生的角度來說那是去油清腸，在我看來，暗褐色的茶湯上浮著一朵飽蓄水分的黃花，那視覺的美感遠勝於味覺的享受和養生的意義，偶爾菊花一動，像老者混濁的眼神，被記憶的靈光觸動乍現的一閃清光。

茶樓的主要風景是「人」，而且是老人。健朗的老者大多提著鳥籠，夾一份早報施施然而來。茶樓裡鳥啼和粵曲的混聲就像清嫩的嬰語和低瘖的喪樂合奏，於是茶樓便浸潤在曲折繁複的生命基調裡。我和爺爺抵達茶樓時，迎接我們的常是這樣滑稽的畫面：無數份《南洋商報》和《星洲日報》的上半身銜接一雙雙粗細不同、顏色不一的腿。這些閱報者的神志在鉛字中爬行，全然不理來者何人。剛好拿下報紙的，才會把坐在鼻梁上的老花眼鏡往下一壓，眼球向抬頭紋靠攏，慢條斯理吐出極其珍貴的一個「早」字。

我無法記住這些老者的相貌。人老了都變得十分相像，而且總好像老到某一個程度便不會再老下去了。喝茶的芸芸眾生來來去去，久了我也能憑聲辨人，識得幾個特殊的人物。隔一條街的廣東大叔，講話「丟」聲不斷，開始我以爲這個人粗心大意老是弄丟東西，不過爺爺皺眉頭的樣子告訴我那絕不是好話。到後來我明白意思後，一聽到那人講這個字的狠勁就忍不住笑。他實在講得太習慣了，聽的人只當是口頭禪。只要他在，茶樓就更市井，被他的粗嗓門喊起來的氣氛遂更加活絡。那些忙著看報、吃早餐的人不得不聽那些豪氣的言論，而且總有那麼一兩個持不同觀點的人忍不住岔嘴。別看他們枯瘦，不服氣開始喊話的時候，音量可是雄壯威武。我好像沒有看過哪一個老人心甘情願贊同別人看法的，人老了舌頭大概也和骨頭一樣硬化而固執，一件比雞毛更輕比蒜皮更小的事就會爭論得臉紅氣粗，然後拋開省籍通通「丟」來「丟」去。爺爺喜歡安靜喝茶，也惜言如金（這點和他吝嗇的個性一致，卻令我加倍迷惑：他帶我來喝茶做啥？），不過一旦那群人裡有他的老友處於下風，他會義不容辭拔「舌」相助。

總而言之，茶樓是一個舞動「口舌」的所在。升斗小民口誅政府的施政，討論民生用品物價指數的攀升；還有人痛批自家老婆的不是，以及最近如何衰運福利彩票萬字票全賠等等。男人們把愛嚼舌根搬弄是非的「三姑六婆」之名硬套在女人身上，卻大言不慚的盜用其「實」——你去看看茶樓的男人就會發現，嚼舌根其實是「人」的本能，無關性別。舌頭品嘗美味之餘，也樂得按摩按摩被好味道養肥養懶的身軀。

在熟悉的氣氛和人物以及談話的腔調之外，偶有一些陌生的臉孔。布滿血絲的眼睛明白宣告了他們是開夜車的卡車司機。小鎮是南北大道的必經之地，這樣「優越」的地理位置或許就是茶樓今日的宿命。

我對這群奔波的人充滿好奇。他們流動而變化的生活方式，和茶樓的安定平穩正好相反。這些通宵達旦以速度負載生命的人，身上都有一種與時間競爭的痕跡。他們不太交談，即使說話也是簡單短促而必要的一兩句，不時看錶，不吃東西便抽菸。他們的口舌用來抽菸和吃喝，至於喋喋不休的能力，都在急速的飛馳中退化，甚至對生活的不滿和怨懟，都和著提神的咖啡默默吞下肚裡。這群人像茶樓梁上的燕子來來去去，我連一個面孔都記不起，一切化約爲他們走出茶樓時，一條條寂寥疲憊的背影。

爺爺帶我上茶樓，就像拎一個公事包或夾一份報紙的作用那樣。到了茶樓，他便自顧自埋首於報紙，我只好瀏覽窗外伴隨陽光的溫度而熱鬧起來的人潮。茶樓一邊向東，面向大街，在茶樓剛坐下時，陽光通常還棲息在樹梢，和一群早起的燕子麻雀簇擁著做早操。彼時人群零落，上學上班的人潮已過，上菜市場上街的主婦陸續出門。那視線越過兩排店屋，靠茶樓的這排盡頭是傳統市場，吸納從茶樓走過的所有主婦。那交易的聲浪隔了十幾間房子那麼長的行廊，卻依然清晰可聞。偶爾間夾幾句扯破嗓門的討價還價聲，更多的時候是一群行走的衣裳在穿梭流動。市場的黃色燈泡下映出豬肉的油潤光澤，以及蔬菜水果的富足。我自然知道這樣好整以暇的心情和美好印象是我遠觀的美感，可能緣於香濃的咖啡和湯汁飽滿的肉包。

不過，上茶樓的好日子隨著父親調職而結束，喝早茶由日常生活的例行公事變成返鄉度假的一個節目，並且成爲離開時一種遙遠而眞實的記憶。有很長一段時間，我常在課堂上享受開茶樓的白日夢，眼睛牢盯著課本，思緒卻構思茶樓的設計、布置和擺設，譬如要有大梁好讓燕子築巢，牆壁最好糊上壁紙，可以隨時拆換，以免重蹈茶樓那種被咖啡、辣椒醬沾汙的覆轍。擺在桌下的痰盂既不衛生又不美觀，應該撤除；桌上最好鋪上針織的桌巾，擺一盆油綠的黃金葛，辣椒醬必須是新鮮辣椒加蒜和薑搗成的，這樣和蝦餃燒賣才能相得益彰。

我的茶樓藍圖反覆勾勒修改了好幾年，後來發現，這種改良式茶樓的構想，其實不過是大都市咖啡館的變調，咖啡館和叉燒包的組合因此便顯得突兀而可笑了。我的白日夢終究也僅止於白日夢，而今，甚至連那點殘存的溫暖和懷舊的情緒也像滿地的空巢敗絮，消散在午後炙熱的空氣裡。

——原載一九九七年三月二日《中國時報》

葉亞來

夜半方眠，迷頓之中，聽得風聲驟劇，伴隨著雨嘯雷號，間夾著香蕉葉片被風掌刮，劈哩啪啦的亂響。我立即坐起，伸手關窗，屋旁幾棵椰子樹的亂髮如狂魔在風雨裡疾舞。雨勢太猛太突然，早已濺溼桌上未闔的課本，且不偏不倚打溼葉亞來的官袍，它那灰黑色澤遂比窗外漫漫的暗夜更深、更沉。

這麼一折騰，睡意已然全消。我重在那讀得爛熟的課本前坐下來，對著葉亞來的照片發呆。數日來，我們就維持這樣僵持不下的局面。再過兩天，我就要向三十幾個才不過十歲左右的小朋友介紹這個一直讓我覺得十分棘手的歷史人物。當然，這並不困難，課本的敘述非常清楚，文字亦簡明可讀，小朋友絕對能夠理解。問題的關鍵是，我對那些敘述並不信任，更不想照本宣科，把這個有血有肉、活生生的「人」鍍上一層神化的外衣——像我的老師們一樣，把他的官帽變成神聖的光環。我一直耿耿於懷，難道他們對課本竟然如此信賴，那麼樂於臣服歷史的權威，毫無條件的做文字的奴隸，相信一個自大又自卑的書寫，而且不斷散播的誇大歷史？

他們也許並沒有意識到這是一個問題。長久以來，我們都習慣了課本的擺布和教誨，沒有學會質疑其敘述的合法性，這裡請容許我用一個不甚高雅的比喻：吃慣狗罐頭的貓不會要求貓食。如果貓終其一生沒有吃過貓食，那牠理所當然會以爲狗罐頭是最好的（當然，這裡我們排除貓吃狗食易患腎病的枝節問題）；習慣把課本照單全收的人和一隻吃慣狗食的貓庶幾類似。這個有些不倫不類的比喻只是爲了說明照本宣科的老師，自然鑄出一批不假思索的學生，依此惡性循環，葉亞來給大家的印象終將百年不變。

「甲必丹葉亞來是興建吉隆坡的首要功臣」這一命題確實深入民心，連我那沒上過學、大字不識一個的阿嬤都知道。她搖著蒲葵扇告訴我，馬來人有民族英雄漢都亞，我們華人也有葉亞來，聽說他也是惠州客，是我的老鄉啊！阿嬤用「漏風」的發音快樂的語調說完這番與有榮焉的話。讀過華小華語課本的人都十分清楚這個毋庸置疑的事實。葉亞來一定想不到，他那張印在華小課本、面無表情的照片，竟會成為許多人學習過程中一個難以磨滅的印記，並且變成填補華人歷史中缺席的民族英雄。沒有人會去挖掘甲必丹（captain）這個英殖民地的「首領」封號，和他那張身著滿清官服照片之間的曖昧關係。

十九世紀末，那是一個風雨飄搖的時代，大批的中國人被逼集體離家出走。他們並不願意離開，但是生活實在太苦，爲了生計和渺茫的希望，他們航過滔滔南中國海，航向充滿不確定的未來。這是一條古老的航道，明代的鄭和曾七次下西洋，宣揚顯赫的國威。而今這些被時代詛咒的流離命運卻以「賣豬仔」的形式，再次走過鄭和行經的路線。一千多年前，那滿載珍奇珠寶的豪華船艦和不可一世的威風，對這些布滿飢色的臉龐和卑微的求生慾望，都是最尖銳的諷刺。

葉亞來的離鄉就是那個時代的一個小小樣本。他在老家當過牧童、莊稼漢，卻落得終日無法飽食。家裡窮得不敢奢想要讓他讀書識字。風雨飄搖的時代，形而上的文化不過是一種奢侈，填飽肚子才是最實際的事。不識字的葉亞來終於和大多數做著淘金夢的青年一樣，揹起勉強稱得上是行囊的包袱，向陌生的熱帶出發。他才十七歲，個子瘦小，泰半由於發育期的營養不良和過量的體力勞作。鄉下孩子慣有的羞澀使他給人一種安靜內向的印象。離鄉背景在那個荒亂的時代成了潮流，淘金的誘惑強壯得足以淹沒對未知的恐懼，對食物的強烈需求暫時美化了異鄉。葉亞來的想法非常單純，他一心一意想賺夠了錢榮歸故里，讓家人過點好日子。儘管航海對葉亞來是一次新奇的經驗，然而壯麗的海景，無論是瑰麗的日出或是悲壯的日落，乃至大浪滔天的開闊，對他並沒有太大的吸引力，更不必提爪哇、蘇門答臘、婆羅洲這些讓冒險家神思的陌生所在，他甚至連馬來亞的正確地理位置都搞不太清楚。

一八五四年，單純的葉亞來終於抵達馬六甲，打算先去投靠遠親葉國駟。馬六甲這個素有古城之譽的文化之都，歷史遺跡處處。然而，那些葡萄牙人留下來古色古香的教堂、砲臺和城堡，對考古學家、民俗學者和歷史學家是無價之寶，對葉亞來而言，這些毫無實際利益可圖的建築卻壓根兒勾不起他的興趣。他滿腦子賺錢和塡飽肚子的夢想，他迫切需要的，是一份可以養活自己的工作。這個衣衫襤褸的「唐山佬」穿著又土又舊的唐山裝，講一口只有客家人才聽得懂的「土語」，一臉前途茫茫的表情。他被白花花的陽光和賺錢的焦躁烤得失去了方向。直到葉國駟幫他在榴槤加東的地方找到一份礦工的工作，他才略為安下心來。

然而對農家子弟而言，開礦畢竟不比鋤地，硬梆梆的礦山也不像農地鬆軟可親，瘦弱的葉亞來才做了四個月的礦工，便辭職離開這個地方，到一個叫格生的所在。一位叫葉五的族人爲他找了一份店伙計的工作。由此我們可以推想，葉姓家族南來的不少，他們分散各地，冥冥之中應了花「葉」飄零的命運；當然，從樂觀的角度來看，如果他們堅持終老原鄉，可能因爲通商口岸的開放和太平天國所導致的政治動亂，像大部分務農的家庭一樣走向破產，逃不過天地的夾殺。因此南洋的葉姓也可視爲在另一塊稍嫌炎熱的土地落腳，繁衍枝葉。只不過，那一代的老唐山終究把彼邦視爲異鄉，他們並沒有在番邦生根的打算。葉亞來也不例外。他的第二份工作還未做滿一年，便起了打道回府的念頭。店伙計絕對不像礦工那樣消耗體力，自然也比他在老家鋤地輕鬆，至少不必日晒雨淋，累得像條牛，還終日吃不飽。趁老闆不注意的時候可以偷個無傷大雅的懶，生意不忙還可以打盹。不過，他終究歸意已決，葉五既不強留，也不干涉，一聲不響的爲他籌足盤纏。

上天似乎決計要他在南洋生根。葉亞來辛苦工作存下的錢和葉五給他的盤纏，竟然在一次賭博中輸盡。正是榴槤飄香的六月，無所不在的濃重氣味薰得他頭暈目眩。垂頭喪氣的葉亞來實在想不通馬來人為何嗜吃這種聞起來像腐爛動物氣味的東西，甚至可以當了身上穿的沙籠亦在所不惜。他對著散落地上的榴槤殼發呆。錢輸光了，暫時還要在這個又臭又熱的番邦待上一陣。他不知道該怨誰，只有狠狠的踢了一腳榴槤殼洩氣，開始詛咒多舛的命運。懊惱無補於事，處在這樣一個進退兩難的窘境，他既沒有面子再向葉五伸手，也覺得空手返鄉太不體面，便決定離開馬六甲，到森美蘭州去。

這是個歷史性的決定。他沒有退路。路已走到盡頭，再無轉圜的餘地。就葉亞來及他同時代的人來看，他確實是輸了錢，連帶輸掉了回家的機會和前途。可是今天看來，實則他輸的正是時候。這些小小的籌碼為他押得了歷史性的勝利和地位。這一場賭博，眞正的大贏家是葉亞來。那些贏錢的人早已被歷史的浪濤淘盡，輸錢的那個人卻因此永垂不朽。葉亞來應該感謝那位慫恿他去賭博的朋友，更應該感謝那些讓他回不了家的「損」友，再加上他自己稍微愛面子的個性。這些因緣一起扭轉了葉亞來的一生，讓他從一個沒沒無聞的淘金小卒變成教科書裡人人皆知的英雄。

關於葉亞來的這些野史，我的老師們隻字未提。大家對葉亞來的刻板印象始終化約爲那句頌歌似的普通常識，就像「三民主義統一中國」之類的僵化話語，沒有人會仔細追究「甲必丹葉亞來是興建吉隆坡的首要功臣」背後所運作的意識型態。這不知該歸咎於教育的失敗，還是自大的心態——別人有，我們也有，而且我們的英雄所立的事功是化腐朽爲神奇——把一個原是爛泥沼的河口變成首都的雛形。那是一項了不起的大工程哦！今天吉隆坡密集的高樓大廈，那些銀行、商店和街道，全是葉亞來從長滿爬藤的爛泥巴裡變出來的。老師講得眉飛色舞。

坐在我旁邊的小胖子碰了一下我的手肘，指著課本上的葉亞來小小聲質疑：「老師講大話，這個殭屍會變法術啊？」姓葉的華文老師循著聲音方向狠狠瞪過來，一面提高沙啞的聲調，不是嗎？吉隆坡的馬來文原意就是爛泥淤塞的河口啊！我們的華文老師馬來文水準是殆無疑問，他對葉亞來的稱頌出自民族的捍衛心理，這種心態也算合理。但是課本頌歌式的敘述加上老師頌歌式的講解，葉亞來長久以來以「神」的形象出現，大家已經遺忘他有一段十分坎坷的過去，曾經走過中國近代史上那段最艱難的時期。對於小朋友，最讓人頭痛的地方，大概是在如何說明照片裡的「殭屍」曾經興建我們的首都吉隆坡……

在這雷雨齊作的暗夜，葉亞來的那身裝束和表情不由得讓人起雞皮疙瘩。圖片裡他身著仿製的滿清官服，頭戴官笠，一手僵直的按住大腿，一手執扇，顯然炎熱的天氣烤得他連拍照都忘了收起這貼身的用具。毫無表情的瘦臉看起來實在太嚴肅、太死氣沉沉，活脫脫像從腐朽的清末跳出來的殭屍，這張太權威的黑白照片讓人忘記了他也曾是一個活生生、歷經大風大浪的「人」。

葉亞來的生命歷程正應驗了我們小學畢業紀念冊上最愛用的留言，那句俗極了的成語：「失敗是成功之母」。那次失敗的賭博是他生命的第一個轉捩點。它促成葉亞來個性的成熟和沉著，並因此決定了他終老南洋的命運。吃一次虧學一次乖，孑然一身的葉亞來離開那個令他咬牙切齒的地方，到盧骨的錫礦場去當廚子。三年柴米油鹽省吃儉用的生活，他存下一筆可觀的積蓄，開始老老實實的做起豬肉和錫礦生意。一切十分順利，他的生意風生水起。葉亞來終於嘗到當老闆的滋味。

事業開始紮根，思歸的念頭沒有以前那麼強烈了。他慢慢習慣當地辛辣而香料特重的食物，嗜喝清熱解渴的椰汁，連起初聞之欲嘔的榴槤也招降了他的味覺。每到產季，他的味蕾便蠢蠢欲動。同時他還學會了一個非常「本土化」的吃法——吃完榴槤以其殼盛鹽水，半是漱口半是當成解熱的飲料。他並沒有察覺這種細微的轉變，其實意味著他的第二故鄉已然誕生。

葉亞來在政治上嶄露頭角，是雙溪烏絨那場馬來人和華人爭奪錫礦開採利益的內亂。這個唐山大伯壓根兒沒有想過自己竟然有一天會打仗，更不曾做過當官的白日夢。當官，對一個原是吃不飽的唐山大伯來說，是多麼遙遠的事，那就像當年從老家到馬來亞的航程一樣，遙遠得令他無從想像。這場血拚讓他親臨殺戮戰場，也莫名其妙的做了英殖民地的「洋官」——他成了當地的甲必丹。然而觸目驚心的刀光血影像馬來亞血紅的黃昏，新任甲必丹一時回不過神，在詭譎的夕照中，一時彷如置身戰場。

葉亞來的政治生涯和生命型態呈現了非常奇妙的巧合。他的政治生命，也像他當礦工或伙計那樣充滿變數。雙溪烏絨的甲必丹生涯只不過一年的光景，他便踏上吉隆坡這塊讓他名留青史的土地。甫抵吉隆坡正是黃昏。熱風送來陣陣沼澤的腥臭，葉亞來皺了皺眉頭，旋即站直了腰脊。這塊蠻荒之地激起了他不服輸的鬥志。最窮最艱苦的日子都咬緊牙根捱過了，從一無所有到今日的豐衣足食，從被呼來喝去的販夫走卒到讓人畢恭畢敬的稱呼葉老闆、甲必丹，這些天壤之別的變化，使當年那個怯弱的葉亞來現在有了與命運相抗衡的勇氣。他面對燃燒的天空，深深吸一口氣，眼前立時出現了連綿的咖啡、油棕、橡膠和可可園，以及一大箱署名葉亞來的資產卷宗。

葉亞來是聰明的。他的聰明是一種被社會磨練出來的世故，對世事的洞明和瞭然。他在沼澤中建立自己的黃金王國時，並沒有忘記吉隆坡所蘊藏的錫礦，是黑社會老大們覬覦的瑰寶，兵家必爭之地。他很快的在幫派之間找到安定的颱風眼，夾在黑白兩道的灰色地帶，安穩的賺進愈來愈厚的鈔票，任憑颱風眼外廝殺的腥風血雨怒吼。他名下的橡膠乳白的汁液絲毫不因幫派的流血而變色，豔紅的咖啡果映紅了葉亞來黧黑的瘦臉，沉甸甸的錫米是烏黑的金礦，他在錫米的亮光中看見自己因光宗耀祖而高大起來的身影。葉亞來吸著水煙，嘴角不禁抿出一絲旁人察覺不出的得意微笑。

當上吉隆坡甲必丹後的葉亞來，很快的便拍下了那張讓人過目不忘的照片，那不露聲色的模樣一如他的行事風格。幫派的血拚和廝殺於他無涉，反而因置身事外的和事佬角色順利坐上甲必丹的寶座。那場血戰結束，他只不過花了小錢辦了一頓豐盛的酒席，談笑勸了幾杯酒，輕易以一張協議書，便毫不費力的名留史冊，成爲華人社會裡一尊備受敬仰的銅像，馬華歷史上最廣爲人知的政治家，並且博得調停內戰的美名，以及奠定今日吉隆坡繁華基礎的功勛。大家都沒有看到葉亞來喝下那幾杯酒時的得意，以及燈光下凝視那份簽署好協議書時，躊躇志滿的模樣。

我們的歷史從不討論葉亞來的人格，這樣似乎有損他的崇高形象。葉亞來是成功的。他的成功之處是讓歷史只看到他的政治建設，忽略了他眞正的生意野心，忘記其處事所顯露的商人特質。其實他毋寧更接近長袖善舞的政客。葉亞來舞動長袖的高明姿態足以掩蓋世人的判斷和眼光，毫不猶豫的賦予他崇高的政治形象。如果今天在世，他必然不會否認這個事實。可是若問他爲甚麼在彼時仍是英國殖民地的馬來亞當官（甚至連官名也是英譯），卻穿上比照大清帝國的官服，仍然紮辮子，變成不馬不中不西的尷尬模樣，他可能就語塞了。其實課本上那張不流一絲情緒的照片蓄滿了光宗耀祖的渴望，他正尋思這麼一張當官的照片掛在家裡的大堂上，在種莊稼的鄉下人家裡，是一樁多麼了不得的事。儘管從審美的角度來看，那張照片實在拍得不好。不是醜，而是陰沉老舊。衣服的款式配上他沒有表情的表情，我記得國小四年級那個暑假剛拿到課本，無意中翻到那張照片時悚然一驚的感覺，腦海立時跳出一隻電影裡的殭屍造型，儘管那時我甚至還不會寫筆畫繁複的「殭」字。

這個殭屍造型的葉亞來必然會使班上那幾個想像力特別豐富的小傢伙樂不可支，讓全班像一鍋沸騰冒泡的開水。我決定給他們講一個長長的歷史故事，關於葉亞來這個「人」的傳奇，讓他在戲謔的敘述中還原人的趣味，他頭上戴的就是照片上那頂像斗笠一樣的官帽，而不是神奇的光圈。那頂官帽的造型一方面暗喻他對故鄉和土地的懷念，潛意識裡無法忘懷少年時期向土地討生活的苦難日子；一方面這官帽和他手上所握的扇子相呼應——扇子送風，帽子具備防晒遮陽的實際功效——葉亞來仍然沒有完全適應番邦的炎熱天氣。

我這麼尋思，在風雨漸偃的暗夜。

——原載一九九六年十一月三十日《中央日報》

門

揮之不散的小孩，像一群轟炸機的蒼蠅。那些來來往往、打滿問號的眼神，探得我心虛。於是，我毫不猶豫的加了這道門。

門在這個「開放」的熱帶雨林，卻顯得十分突兀而不合時宜。然而我委實無法適應自己的角色由學者變成腥魚、白蘿蔔、淡菜等等，那些專門招惹蒼蠅的腥食。從我把大批的書籍卸下開始，上架、堆疊資料，那些好奇得噴火的眼睛和咕噥，令我全身像爬滿螞蟻。甚至連喝口水、上個廁所、打個再平常不過的噴嚏，他們都像觀賞一個外星人般竊竊私語。

門還給我充分的隱私權和平衡的心理狀態。大門一關，我在不受干擾的狀況下，開始著手進行論文資料的整理和撰寫。研究範圍鎖定「伊答」的華人歷史。這個被友族稱爲伊答的小村落最大的特色，是早年華人賣豬仔到南洋，和「土番女」結合而留下的多元文化。我選擇「伊答」成爲畢業論文的對象，出發點再單純不過——它在祖母口述的歷史裡，已經建構起鮮活的歷史，我要做的，不過是把它落實成文字，在理性中調入一些溫暖的感性回憶做調味料，軟化論文的冷靜刻板臉孔。更何況，文明的繁榮腳步尚未攀過這裡的崇山峻嶺，無法攪混它的純樸天性，我還來得及記錄一些先人的遺跡。

年老的娣姥，祖母當年的好姊妹，以她在寨子裡的威望爲我安排了這個遠離熱鬧核心的清幽小房舍。這房子甚麼都好，唯獨象徵似的半扇木門，防得了狗隻來撒野，卻阻止不了野貓和鴿群的擅闖。我那被都市文明豢養得強大而茁壯的隱私權，不斷抗議。這種門戶洞開的設計，一覽無餘的坦蕩蕩生活方式，沒有「私」生活的日子，類似裸裎相見，他們泰然之至，我卻萬分不慣。這片原始的土地，連人際關係也這麼渾沌不分，人我之別的想法尚未找到適當的水土繁殖。阿末的小孩今晚在阿布的家過了一宿，明天阿布的女兒你可能發現她就在阿里的地鋪睏得正酣。他們食無定處，在哪家聊天過了時間，就食在哪裡。哪家的瓜果菜蔬長得好，想要，喊一聲，就可摘走。「門」的功能——防盜、保安、隔離、隱密，在這兒全都用不上。房子可能布置得富麗堂皇（以他們的審美標準而論），但絕不在意一扇又破又黑的木門。有幾戶人家乾脆把門板拆下，變成門戶洞開的後現代住宅。

和他們相反，我的小房舍暗舊的外觀卻鑲上一道穩固而新穎的門，以致房子倒成了門的陪襯，主從顛倒的外貌充滿喜劇的突兀感。鄰居們十分不解，幾番脣舌，他們的語氣仍有不滿的火焰。門違反了他們的審美觀，挑戰了整個寨子的人際關係。他們不知道該如何面對這麼令人難堪的變異。連娣姥也氣呼呼的說：「箇板門看來眞怪，拆掉拆掉！」我費了好大的勁才說服她，直到她像小孩一樣被逗樂，知道這便等於打好了關係，那扇門允許被保留，可愛的老人家簡直成了我的大樹和護城河，爲我阻擋利箭和刀光。

已經混熟的鄰居有極好的耐性。小孩時常高聲叫我開門，門開了，在推搡著的笑臉和羞澀的言辭背後，躲著疑惑和要求的眼睛。他們好奇的摸摸門，轉動把手，研究那多紋路的粗木，似乎要從門的聲音裡推敲出一些隱私，從那肌理摸出門的祕密。最重要的是，他們單純的頭腦不明白，這堵又笨又醜又惹人厭的木門，究竟有何用處？門違反了他們坦蕩蕩的生活習性。如此一來，倒反而挑起了人類與生俱來的偷窺慾與好奇心。這麼無情的拒絕，其實是害怕那些凌亂的資料、書本，小至一張便條的遺失或移動，都會減緩論文的進度，更何況，從文明世界帶來的日用品和一切房裡的東西，小孩們是多麼感興趣啊！

因此，門成了一尊隔離神。門一開，所有的疑問如泉湧來，對一個習慣獨來獨往、獨擁完整空間的都市人而言，這些困擾簡直像最無私德的密探，和惹人厭煩的蜜蜂。夜深人靜，我在書海裡泅泳，便愈來愈覺得自己像封閉的中國社會，一部閉關的中國外交史，把自己縮在「天下」這個大殼裡玩起自得其樂的遊戲。深宅大院以皇帝爲中心，封閉的世界風平浪靜，不要說中國以外的驚濤駭浪，連宮廷以外的老百姓如何沐著淒風苦雨，皇帝也渾然不覺。

我攤開文學和歷史，徒然的惋惜和追悔對歷史不具任何意義，也不需要無謂的哀悼。那並不能改變已成定局的過去，只有從歷史中讀出閃爍的智慧，才有資格做一個眞正的讀書人。

這麼想的時候，心頭一咯蹬，陡地精神爲之一振。這一場與歷史的對話好像在影射我。目光正好與門相遇，我不由得重新再評估它的意義。門承諾了自我、寧靜與自由這些現代人十分堅持的條件。然而，鎖在門裡自我對話久了，卻極易變成沒有意義的喃喃自語。那陌生的語音常常令我心頭一驚。我是一潭止水，沒有落葉、微風、雲影和漣漪殷勤的造訪。

古老的中國這個沉溺的龐大王朝，直到近代仍然躲在鴉片所製造出來的煙幕裡偏安、麻醉，享受虛假的醺然。煙幕之外的世界，他們來不及思考，也無暇顧及，甚至血肉模糊、烽火連天的場面眞實搬演，堪稱鴉片太后的慈禧仍然沒有甦醒，她關在門禁森嚴的大殿內呑雲吐霧，門內的世界只有輕煙、安謐、平靜。鴉片製造一個不知有戰火侵略的烏托邦，反正外面的火藥味不會汙染密實的紫禁城。

而我自以爲風平浪靜的「門內」生活，是不是也是一種「慈禧」心態？

涼快的夏夜，金黃的月光從頭上潑下來，牆腳下伏著一隻肥碩的大蟋蟀，牠昂著頭，蜷曲著前腿，一動不動，蹲在一大片開著星狀小花的藤蘿影上。這些景物亦眞亦假，它確實是此刻的夏夜美景，但是，它也是一座逸樂宮殿。它的美好同時令人忘卻了現實的缺陷。

我倒了一杯茶。茶已冷，瓷杯貼手生涼。環視四壁，這個我已住了將近兩個月的所在，我對它既熟悉又陌生。這裡的人事對我而言，變成無關緊要的背景。論文在披星戴月的趕路，必然可以在預定的時間內完成。然而它沒有骨血，紙上書寫的只是「伊答」的歷史，活潑的生命無法演出。

我關上的其實是「心」這扇門。

孩群久已不再圍觀，鄰居們僅只於點頭微笑，不再熱情的說長道短。我感受到悵然若失的疏遠和陌生。夜色已濃到核心，頭腦卻逐漸清醒。當年慈禧浸泡在逸樂和鴉片泡製而成的福馬林裡，不知道是否曾有悚然一驚，痛恨這龐大的頹靡的時刻。當然，痛恨歸痛恨，她絕對沒有拒絕和出走的勇氣。她的生命，是一部腐朽的末代史。矛盾的是，腐朽的政治促成了伊答的誕生——這些早年從民不聊生的土地上出走到南洋賣苦力，嘗盡「豬仔」辛酸的祖先們，在錫礦場和膠林裡流下他們的血淚，卻終究沒有重回那塊遙遠的土地。

如今隔了那麼遠的時空靜觀那段動亂的近代史，其實是在借歷史觀察自己的成長。這段路程，就常徘徊在門的開與關所展現的兩種世界之間。家境的貧困與內向的個性催化了早熟的自閉個性。六年的小學，我都考第一，老師和同學都認識這個不說話、不交朋友的怪小孩。友情和關愛的鑰匙開啓不了她的心門，她帶著奇異的光采升上明星中學，卻在校內外的各種比賽中成了傳奇。我無法解釋跨出門檻的關鍵究竟是甚麼？如今想來理由似乎很簡單：一種對過去的不滿而衍生的叛變。

生命的反覆迴環不外如此。

我同時打開了心靈和物質之門。寧靜依然，但是添加了和鄰居共喜樂的愉悅，逐漸能領略門雖設而常開的樂趣。不文明的地區並不等同蒙昧和野蠻。那不過是另一種迥異的文化和生活。教育賦予他們與外界溝通的能力。但是知識的力量並未干擾原始的生活。他們對房子裡的每一件擺設都好奇，卻會自我節制，在破壞的懸崖邊緣勒馬。那只音樂水晶對他們並不具吸引力，小孩子圍在四周聽了一陣，被水晶的光芒迷眩得狼狽而退。趕走了寄居在心中的成見，放逐了自我中心，我看到了人心的明淨本質，聽到了過去從未關注的聲音。

夜晚，我在天籟中揮筆疾書，那些非客家非廣東的方音像魔咒一樣催促論文的進度。我觸摸到了伊答人的血肉和精魄。儉樸，是的，我看見小孩大人端著碗筷四處遊走，疊得實實的白飯上頂了褐色的梅菜乾帽子，蹺起一隻腿在凳子上，另一隻腳在跨下邊鞦韆，便津津有味的咀嚼起來。那種姿勢猶餘苦難歲月的遺跡。

這樣的說法並無貶意。倒是他們說話的粗獷不文和帶著鋼鐵的嘈雜，聽來像是叫罵的聲調，至今仍令我無法說出讚美的話語。必須承認，再怎麼避免好惡的判斷，主觀的成見仍是滲透到了我們的潛意識。伊答人的充沛活力足以不眠不休的天南地北聊上一天。一伙人坐下，就像屁股底下長了磁鐵，非聲嘶力竭不肯罷休。我領教過一次，一群人在我房裡東拉西扯，生產出無窮的話題。我泉湧的文思硬是被攔腰截去。

門，還是得有技巧和限度的開放。緬甸和明末那樣的閉關終究只有走向停滯。完全開放亦只有徒增困擾和迷失，五四即是一例。德先生和賽先生連幾千年的傳統精華都要革掉，威力比洪水猛獸還具毀滅性。我逐漸練就了和伊答相處的要訣：不即不離，不黏不散，像入口即化的寧波年糕，嚼到該離齒的時候，便毫不眷戀的下嚥。

我依然堅持門的必要。

——原載一九九五年十一月六日《中央日報》

（本文獲第一屆中央日報海外華文創作獎散文第一名）

可能的地圖

離開第七個據點，我不由得心事重重起來。這是最後第二個可能的所在。

天色將黑，我的影子晾在一片異鄉的餘暉裡。

我始終不明白，那個或已懸空的地理，對祖父實質上的意義。它在半島極北之地，而今與他終老的靜謐小城，相隔何止千里。老人家忽然穿越時空的銀河，從聲音、氣味、色彩、光線，不厭其煩的再現那個耐人尋味的地理。這個興致高昂的古稀老人，一頭栽進了自已編寫的歷史，不容分說的要求聽者千里迢迢代他取得確鑿的證據。

於是我拎著相機和記事本、一張口述的地圖，踏上了取經之旅。

原本高昂的興致，經過再三的徒勞尋覓，漸漸降到谷底。熱帶的小聚落面貌相似的不少，幾乎找不出它們本身的特殊氣質。人煙稀落的角落，子孫離鄉的阿公阿婆都有一大把的艱苦生活要傾訴。鄉音容或不同，訴說的長篇卻大抵類似。重點是：他們都不是曾和祖父有過交集的人物。我懷疑那些老人都已作古，於是退而求其次——或許中年的阿伯阿嬸，也能提供有關他們父執輩的古老記憶。

然而許多這個年紀的男人，都有一把被生活重擔壓得一觸即發的火爆脾氣，這一陣聽來的三字經之繁雜豐富，預計會超過我一生所聽到的總和。鄉下人到底淳樸，罵過之後用依然高八度的嗓音勸我別再自找麻煩。我從他們的神情讀出眞誠與善意。

我確實是在自找麻煩，但卻是出自祖父的主意。我是他寵大的長孫，他如今老得走兩步路都嫌累，常常聊著就盹著了。他從不願意麻煩兒孫，然而一旦主動開口，必然是要事。我沒有拒絕的理由。他塞給我一疊縐得像鹹菜乾的鈔票。就權當是旅行吧，啊？學校也放假了。

是啊！已經放假了。

我用了一點時間把以金寶爲核心的大小村鎮一一打聽清楚，並拜託班上一位住在金寶的朋友，盡可能替我補全地圖上遺漏的聚落。仔細篩選之後，挑出八個可能。或許，換個相反的說法，那也是八個不可能。無論如何，溯源一個擱淺七十多年，也許已經從地圖上消失的地理，委實匪夷所思。

事情的荒謬性逐漸顯露。叢林、水井、自用菜地、野狗、赤腳小孩是每個偏僻地區的共同景觀。有一個小地方眼看就要由「可能」變成「就是」。那個和祖父一樣年紀、操流利嘉應州話的老人，卻突然邀請我留下食頓「好料」——八角狗肉，當年的老朋友、我「祖父」的最愛。我的心立時涼了半截。

祖父養過無數狗，最憎食狗之人。老人大概也有一位與祖父習性相同之失散友人。我依然記得兩隻站得老遠的小狗，黑的瘦，黃的肥。老人說瘦好，精勁、咬起來有彈性、耐嚼；胖的肉鬆垮，盡是油、中看不中吃。兩隻小傢伙耳朵豎立，眼睛骨碌碌轉，尾巴高舉，不知道是否聽懂了人類可怕的相狗詭計。

我漸漸的能夠平靜接受失望。祖父腦海裡的地理，該早已歸還給那個以腳踏車代步的時代，儘管他對過去的記憶，令人吃驚的熟悉。他能牢記以往的朋友和鄉人的習性嗜好和外型特徵，甚至極不雅的綽號，例如××豬、××狗之類，但是不復記憶對方的名姓。也許大千世界的符號多得令老人家的記憶承擔不起，他好不容易劈開時間的頑石，卻只找到幾張模糊的印刷紙，辨識得大略形狀，便也有聲有色的細說從前起來。

祖父眞的給了我一個任重道遠的難題。

就像此刻，我拖著疲累的身軀立足在飯香的誘惑裡。晚霞的豔彩像一爐油水鮮亮的九層糕，一層一層被揭起，吞進黑夜的肚腹。以往此時，我都在往金寶市區的歸程，看著每日啓程時從車窗伸進來的陽光又從車窗縮回去，像條大白舌頭，舐走希望，留下日益深厚的困惑和沮喪，今天亦然。

車子在黃昏裡疾馳。遠遠的我意外望見被遺漏的例外。那疏落的房舍也十分像一個「可能」，在誘惑我去肯定或否定它。甚麼也沒想我就按了鈴，踩著滿地瘡疤的土石子路進了小聚落。

晚飯時間，四下無人。倒是有雞鴨走動。兩隻大鵝顚著肥大的屁股衝著我大叫，聲音聽來像在倒一堆破銅爛鐵。許久，從屋裡走出一個剔牙的中年人，順手擰了把鼻涕。一甩、鼻涕像隻被捏死、踩爛的昆蟲，「嗒！」的一聲糊在沙地上。

「找人啊！」重濁的鼻音。我再說一遍已生厭的來意簡介。「難找啊！」意料中的回答，我已聽過無數。確定這是値得再來之地，我便告辭了。

躺在床上，軀體彷彿已不屬於我，祖父卻在腦海裡不停的對我細說當年。爲甚麼祖父可以把那麼久以前的事記得如斯清楚？某人說某一句話的表情、眾人的反應、自己的感受、彼時天氣、風向，如在宣讀一本鉅細靡遺的日記。但是對於眼前的事，諸如今天是否吃過飯、洗過澡，卻一點也不留意。他會把今早的事說成昨天的，吩咐我明天去買的東西，一個午覺醒來，便急著要。

祖父眞的老了。人老了便浸泡在回憶的福馬林裡。他和弟弟、我的叔公，隨著曾祖父南來，屆學齡又返唐山讀書。再返馬定居後，一家人便住在那個讓他念念不忘的小山芭。他們一群同齡的小孩子，被當地的馬來人戲謔爲「小唐山」。唐山是一個無人不曉的稱謂，指涉那群操著奇怪家鄉話，對特定吃食有著驚人癖好的黃皮膚人種。

祖父嗜吃鹹茶。我始終以爲，鹹茶的製作，是一種對故鄉的追悼儀式。費時費事的做工，是對原鄉的無法割捨。

近乎粉狀的茶葉末和花生粉混合煮成茶湯，澆在炒香的米粒中，拌著豆腐乾、芥菜、豆芽，堆成小山似的一大碗，一看即知是勞力的鄉下人飯量。曾祖母最愛這種耐飽的飯食。她極好客，在物資匱乏的時代，仍不時邀來鄉人共同品嘗。

磨茶的杵條是茶湯的靈魂，質材一定要是老番石榴的樹幹，而且用得愈久愈順手。祖父一直保留著那支沉甸甸、油亮亮的茶杵。那是番石榴樹幹磨出來的上好杵子。因而它繫聯出生和成長的兩塊土地，標誌著時代命定的流離。也難怪它顯得如此樸拙、殷實，而且沉重。

祖父似乎並不滿意。那一輩的感情世界便眞的給下一代一個難解的謎題。他們貧乏的辭彙無法表達複雜的情結，也羞拙洩漏感動的情緒。苦難的生活教會他們安分守己。我禁不住想，那支杵條是否誘發祖父強烈懷鄉的誘因？或許，他只是爲了一個單純的心願，想在有生之年再親睹老家的相貌？奇怪的是，他爲何隻字不提更早的故鄉——嘉應州呢？

我反反覆覆思索，也沒有追究的興趣。單純的思索。也許，人類眞的有些無法宣示的奧祕。它們存在於知識的死角，不時鼓動風浪，挑戰知性的權威。

翌晨我打著微顫重返『霧嶺』——朋友的父親肯定的寫下這個陌生的名字。

果然大霧。我的頭髮被打溼了，一綹一綹貼在臉上。從茫茫大霧裡突然浮出兩部腳踏車，兩個阿嬸各載了一大籮滴水的蔬菜從我身畔緩緩騎過。

小徑滿布砂石。這一陣子，我的腳步已經熟悉並且適應了這種原始的粗糙。小徑靠水溝的一側還有隱隱的綠苔。霧散得飛快，突然就發現太陽冒了出來。一株被雷劈枯的樹下，坐著捲菸草的老人家。他小心翼翼的攤開一方白紙，從那只發黑的小鐵盒裡摳出一小綹菸絲，點燃之後，專心的享受起來。祖父勾勒的曾祖父（他叫「阿叔」），就是這麼粗獷不文。

我仔細打量他的那張歲月車痕凌亂的臉孔，突然發現，從他們那個流離戰亂時代逃出來的長輩，都有這種艱苦生活教育出來的平實氣質，如祖父和這一路萍遇的老人家，都是這副本分得近乎木訥的表情。他們太相似，幾乎沒有甚麼個性。時代的模子嘩啦一下倒出這些產品，像路邊或水涯的一塊石頭，是一種安靜的存在。我從來沒有仔細觀察過這群人。要是有人肯用點時間去探詢，準能問出一本活生生的歷史，一定比課本上的更鮮活，更具血肉。我一路上讀了不少這樣的歷史，儘管並沒有祖父期待的那本。

眼前坐在煙霧裡的老人家一臉醺然，快活賽過神仙。待他意識到我的存在時，我已經把屋裡屋外瀏覽過一遍。「後生仔，有事嘸？」一口純正的嘉應州話。這種方言偏偏有許多陌生的辭彙必須靠想像來揣測，會錯意鬧笑話自是難免。母親說，她還是新媳婦時，每天光是學「說話」就夠讓她暈眩了。「腦上」是上面還可理喻，可是「三板」怎麼會變成湯匙呢？然而母親頗有語言天分，很快便學得似模似樣，我卻還常有猜謎的時候。

我用半調子的嘉應州話說明來意。老人沿著記憶的鐵軌慢慢走。過了一會，搖頭。他一再強調自己比祖父少五歲，若是同鄉，照理應是認識的。然而，他一拍額頭（這個動作必定是抄襲印度老鄉），問我祖父的外號。這下可難倒我了。還是小不點的祖父有甚麼外號，恐怕連他自己都不復記憶，何況是我！

老人見我面有難色，復又沉吟，費勁得額頭頓時爬滿毛毛蟲。他似乎怕我失望，便又一拍額頭，怪自己人老記憶力衰退，說不定真有這麼一位念舊的鄰居，建議我去觀察四周的環境，也許能搔扒出一些蛛絲馬跡。

我走到一家晾滿衣服的院子前。洗衣粉的味道隨風撲鼻。尿布上猶有略黃的尿跡。屋後一口廢井引起我的好奇。祖父的記憶反反覆覆出現一口意象紛繁、角色多歧的井水。井水和那時代的生活剪影糾結。洗衣洗菜、淘米燒水，大年節難得殺雞宰鴨的回憶，都與井水緊密聯繫。

祖父時常重述曾祖母殺雞的場景和氛圍。通常是大清早，天色濛亮，曾祖母身邊的祖父睡眼惺忪。曾祖母殺雞的動作十分利索，絕對不會出現和雞脖子拉鋸戰的慘狀。利刃一閃，刀出血湧。表面上看，那是經驗和技術的累積，實則也是曾祖母強悍個性的顯形。日軍搜殺壯丁，她不容分說毅然趕走兩個兒子，獨守家園。理由是：兩命換一命，值！而她也竟然無恙。兩兄弟躲在叢林裡，親睹日軍掄起大刀殺了鄰家的大叔，大嬸跳井，井水和鮮血四濺。兄弟倆霎時僵如死人。自此而往，殺雞即與殺人的場面連體。

井水從此揉合了極端的愛與恨。那裡面有母愛的溫馨，共患難的手足之情，以及歷史的慘痛印記。因而此行出現的第一口廢井，它汙黑斑駁的磚牆，便引起了我的注意。那些茂盛的苔衣和野草暗示它的年紀。它和年老的祖父一樣，必然也負載了不少無法重現的回憶。井水已成半泥沼狀，水深不及一尺，浮滿枯枝和落葉，低頭猶見白雲展姿，蝌蚪歡游。我喊了幾聲，後門應聲走出一著沙籠少婦。

她對井水的身世不明，但表示過世年餘的家公對它十分喜愛，聽任廢棄也不願封井。家公纏綿病榻，翁媳並不親密。她嫌廢井徒生蚊蚋，卻不便拂逆。老人過世，她因懷孕生產，不宜動土木，井便保留了下來。那不甚流利的華語夾雜大量的福建方言，以及偶爾幾個常用的馬來字。

屋內傳來嘹亮的嬰啼。她匆匆入屋，隨即傳來咿哦之聲。我猶豫良久，終於攝下照片。非常遺憾唯一能見證歷史的老人已然作古。拍下的照片，不過是個懸在半空、永無對證的疑惑罷了。

熱風送來濁臭，我四下張望，赫然發現西南方有個豬寮。肥碩的母豬正在奶著四隻豬崽子。豬槽裡一片狼藉。打翻的豬食和糞便糊在一起，日頭一蒸便臭氣四散。

豬寮。曾祖母也養過豬。祖父就是那個負責砍芋頭、茅草、剁香蕉葉餵豬的雜役。他對豬就像對井水一樣，愛恨交織。生計令他無法顧及髒臭，養豬的人和豬仔一樣命苦。按下快門的時候，依稀聽到祖父這樣爲自己的命運作注。

我在一塊大石坐下，攤開皺紋縱橫的地圖，那眞像紋路滿布的老人臉譜。這些天來的追蹤讓我挖掘到漏遺的地理，和嵌在正史縫隙的野史；也許有一天，它們消失了，沒有痕跡可循，於是便再也無人知曉那些人和物的下落。野草和樹林很快否定了它們的存在。唯有幾個好記性的人忘不了，牢記那段紮實的生活，直到形軀也終於腐朽，剩下的，是一種乾淨透明的本質，充塞在天地之間。唯有天上的諸神見證了這些短暫的永恆。

日正當午。陽光晒痛了我的皮膚。如洗的水藍天空，只有一朵胖胖的白雲。地上的這個綠色聚落裡，則有黝黑的我與它遙遙相望。此刻，聚落、白雲和我，都在同一個時空的座標上。屬於祖父的，應當存在另一個不同的時空。那是我無法落足的所在。它可能存在，也許已經消失。

——原載一九九六年一月十一日《星洲日報》

（本文獲第三屆星洲日報文學獎散文首獎）

漸漸死去的房間

多少年後，我依然記得那種氣味，以及尾隨而來的，重複低緩的嘆息：「她養了我這麼多年……」

那混濁而龐大的氣味，像一大群低飛的昏鴉，盤踞在大宅那個幽暗、瘟神一般的角落。斑駁的木板隔出陰暗的房間，在大宅的後方，寬敞廚房的西南隅。它偏離大家活動的中心，瑟縮於沒有陽光眷顧的所在，彷彿在等待一種低調而哀傷的詮釋。曾祖母就在那兒，親手了結了自己近百歲的生命。晚年的她無法控制自己的排泄，末了，卻用安眠藥輕而易舉的主控自己的身體，永遠不再排泄。

我想我是刻意去遺忘喪禮的細節。那種公式化的禮儀早已簡化成中性的符號擱置一旁；糾纏不清的，是黏稠的汙穢和痛苦。那個房間是大宅的毒瘤，病菌的溫床，刻意被冷落、忽視，一個大人裹足，小孩止步的所在。只有未婚的滿姑婆——曾祖母的養女，拖著疲憊而哀傷的影子在穿梭忙碌。

我記得她說話時平和的語調，和不急不緩的步子。她是那麼不慍不文，像道不鹹不淡的的菜餚，不存在的存在。她長齋。每日誦經。若是不說話，便沒有人會意識到她確實存在。

然而，她低緩的嘆息總是無所不在：「她養了我這麼多年……」它與混濁的氣味攪拌之後，充塞大宅。

曾祖母早已失去咀嚼的能力。滿姑婆燉得稀爛的糊狀食物或黃或綠，一種混合失敗的色調。我總是躲在大柱子背後，遠遠觀望滿姑婆把食糜送入那張癟嘴，耳邊卻響起大人殘酷而無情的話語。

再美味的食物被人體加工之後，終究會變成廢料。就此而言，食物和廢物是可以畫上等號的。食物之於曾祖母，是廢物外加人力負荷。負荷的受力者，就是滿姑婆。她必須說服自己，由於這道荒謬的消化流程，曾祖母的生命才得以延續。

我還記得高懸大廳中央，那張風韻猶存的遺照，分明的黑白兩色構成陌生的亮麗，完全不像晚年沒有人氣的曾祖母。房間是一道記憶的屏障，令我無法準確勾勒她的容顏；我亦無法描繪她的聲音和衣飾，揮之不去的，只有她奄奄的病態和死亡的氣息。

我不禁懷疑，每一個從大宅走出去的人身上，或多或少都沾染了陰慘的氣息。爲了調節房間裡的濁氣，曾祖母的檀香木櫃子上，持續擺設盛放的鮮花；房外窗邊，是一排蓊鬱的白茉莉。花開的時候，整個房子充滿了說不出來的憂鬱。茉莉花香很努力的抗拒腐朽的死亡。至於憂鬱，是甜美的生命與死亡妥協之後的情緒。

曾祖母的臥病實在是生命最尷尬的情境。人類只有在尚未識得人事規範禮儀的嬰兒期，才有隨意排泄的權利。嬰兒期一過，那便成爲不足啓齒的羞恥和禁忌——社會如是教育我們，必得把諸如此類的行爲隱藏在光明正大的衣食住行之下，類似某些不能張揚的感情，必須壓入潛意識裡。

曾祖母反其道的行爲，先是令龐大的家族羞辱、無措，繼而催化出疏離，以及明顯的厭惡。曾祖母變成一堵逐客的人牆，大宅果真是名符其實的「稀客罕至」。即便是有血緣關係的親戚來訪，我也能嗅出家人的侷促和緊張。「味道」是必須避諱的字眼。它是導致過敏的病菌，在大宅的空氣裡活躍的流竄。堂伯對這位比他的父親、她的兒子「歹活」的老者，充滿掩飾不住的厭惡。

小朋友堅持不肯踏入我家門檻，他們畏懼聲名遠播的「怪物」。我心儀的「小」男朋友和他的死黨們的耳語像鞭炮般傳回來：「她家有個可怕的怪物，我才不要理她。」

我噙著委屈的眼淚，忍著混濁的味道，跑進房間，狠狠的撒了一把沙，轉身就跑，卻再次被生命腐朽的味道深深震撼——死神早已恭候這個陰暗的角落多時了。我彷彿又聽到滿姑婆低緩的嘆息：「她養了我這麼多年……」一遍又一遍，迴盪在古老的大宅裡。

媽媽說我在蹣跚學步時，常常跌跌撞撞的跑進曾祖母的房裡。當時她拄著枴杖，尚能在大宅四下活動，有時就坐在客廳裡逗曾孫，像個「正常」的長壽老者，也有一般高齡長輩的健忘、好熱鬧和怕孤單的特徵。

我也經常興致勃勃的去抓弄一切兩手能及之物。檀木几上的水粉常常洩漏我的行蹤。曾祖母用雪白的水粉抹在我稚嫩的臉頰、圓潤的手臂；放縱我去掀她的茶碗蓋子，喝她的人參茶，一點也不擔心我會打翻她昂貴的青瓷茶碗。爾後，我長期不斷的小病小痛，大家都歸咎於曾祖母讓我喝下太多的「老人茶」。

也許我確實喝了太多甘苦參半的「人參茶」。它令我對那股不快的氣味始終無法釋懷，不斷的提醒我美好生命背後的苦澀和陰暗，使我幼小的生命背負了過於早熟的記憶。

我總是夢見那方用褐色麻將紙糊去大半的窗戶。當年我身高未及窗框，得墊高腳尖方能窺見那個不帶人氣的房間。

曾祖母畏光，好多次以巍顫顫的手指遮眼，要求把窗戶僅餘十公分左右的透光地帶糊死。一匹灰布了遂她的心願，同時也完全隔絕月光雨露的探望。她成了一截藏在暗室的朽木，與死神的爪牙爲伍。直到最後，連貓狗都迴避那片灰暗地域，房間在曾祖母的病情裡漸漸死去。

滿姑婆不動聲色，家裡卻隱隱的可以嗅出蠢動和焦慮。我可以確定那些聚在屋瓦下的殘酷意念，大家都在期待死神對曾祖母的垂青。曾祖母一日不蒙恩召，這個家族心裡的怨懟和不滿就不會融消。我無法忘記堂姊蓄滿怨恨的眼神。她正值青春期，卻從來沒有半個男客敢登門造訪，堂姊連同她的「幸福」一起被囚禁在房間裡。

白天，做事或上學的家人各有一片舒適且相對芳香的天地，到了晚上，暮色逼得大家不得不歸返的時候，大宅才有飄浮的熱鬧。

被夜色逼亮的燈光，把大宅變成一個裝上電池的燈籠，散發著虛假的溫暖。我漸漸發現，自大宅飛出去的家族成員，就像逃出囚籠的鳥兒，非不得已絕不言歸。曾祖母的自我解脫，無疑是大家噩夢的結束。大人們一致對外發出言不由衷的哀痛。實際上，喪禮進行時堂姊嘴角那抹無法掩飾的笑容，透露了屋簷下所有家人的共同心聲。

除了滿姑婆。我瞥見她眼裡的霧光。

曾祖母的逝世對滿姑婆的意義，應該是複雜的。許多次，我看見她從曾祖母的房間出來，沒有血色的臉上泛青。手提穢衣，臉上卻淡淡的，就好像提的是一桶日常用水。遠遠的，我彷彿聽見她的呢喃：「她養了我這麼多年……」

我站在後院的楊桃樹下，透過木板的縫隙窺見她朝天井走來。雨後的地下凌亂的鋪滿紫色的楊桃花，她浮腫的眼睛鎖定不知名的遠方。我微微一怔，她麻木的表情與曾祖母如出一轍。她們的心思，都已經流放到另一個世人無法到達的地方，在人間活動的，僅僅是一副皮囊。

如今，滿姑婆大部分的時間都待在曾祖母「遺傳」給她的房間。實在難以想像，她怎麼能夠與那種常人避之猶不及的空氣一起生活。其實，她的寡言亦是另一種無形的房間，阻隔了她和家人的溝通，也同時封閉起她內心的祕密。

在我的夢裡，她和曾祖母的角色時常混淆。兩人的話語都帶著難以確認的游移；連串的辭彙無法凝聚，星散在無垠的黑夜裡。

在現實世界中，滿姑婆異常的沉默令家人不知不覺把她透明化。然而她無怨的付出在村人口裡，卻又帶著犧牲的崇高意義。何況，她是曾祖母六十幾歲時收養的孤女，從長輩閃爍的言辭中，我捕捉到了微妙的曖昧。

滿姑婆的低姿態按捺了大家的猜疑，視她爲服侍曾祖母的「專業看護」，忽視了她堅忍、沉默的性格，其實是女人捍衛自己的最佳利器。當曾祖母典藏的古董和首飾被發現一件一件穩當的躺入滿姑婆的抽屜，沒有人曾經反省，那些閃亮的飾物，是從他們掩鼻的穢物提昇出來的人性光輝。

我不知道滿姑婆是如何說服曾祖母克服畏光的病障，聽話的戴上墨鏡，坐到籐椅上從容的沐浴暖陽。兩人很少交談，卻憑一個細微的動作來理解對方的意念。

其實，我對曾祖母的恐懼多於厭惡。稀落的頭髮勉強成髻，頭皮卻清楚得令人心驚。她的嘴角萎縮得幾剩脣線，被歲月搓皺、長斑的枯瘦雙手，持續的發抖。滿姑婆手裡恆常緊捏方帕，只要曾祖母嘴角牽動，便拭去她涎流的分泌。她的動作那麼輕細，似乎面對的是一件易碎的名貴陶瓷，或是嬰兒的細嫩肌膚。曾祖母有時會遲緩而困難的抬起手來，企圖握住滿姑婆粗大的手掌。

也曾有那麼一次，在庭院小盹的曾祖母忽然急躁的奮力扭動，不旋踵，一股惡臭刺鼻。我滿頭大汗從側門拐進大宅，立刻掉頭。滿姑婆若無其事的拍拍老人家的背脊，使勁兒把曾祖母連人帶椅半拖半拉送入房間，掩上門，留下不知所措的我，和殘留的濁氣。

我不知道那樣單刀直入的問題，對滿姑婆是否錐心之痛。她抖了一下，輕輕的說：「不，不，不會骯髒。」

不會骯髒？我窮追不捨，拋出第二個問題、第三個問題。面對這串不容思索的連珠炮，她不禁紅了眼眶。是的，曾祖母養了她這麼多年，不是生母又何妨……她哀傷的背影沒入曾祖母的房間，噢，不！現在應該叫「滿姑婆的房間」。

在寬敞廚房的西南隅，大宅的後方，這毒瘤般的房間在我的記憶中漸漸死去，復活了再漸漸死去。

——原載一九九六年二月十日《中央日報》

（本文獲第八屆中央日報文學獎散文第一名）

神在

從神壇回來，母親神色安詳。掩抑不住的喜悅滲透言辭，一改她平時的沉默，連動作也變得年輕俐落起來。

果然，隔天母親在晨誦之後，鄭重的告訴我，大姊已是天上的仙女了。她接著仔細的描述問神的結果，她講得那麼精彩、邏輯清楚，彷彿一切就在我眼前發生。我不作聲，眼光停靠客廳神桌上的眾多神祇。祂們的身上明顯的披著一層又一層煙火的袈裟，神情有點兒憔悴，有一些悲憫，更多的是無言以對。也許人世間的苦業太沉重，積累太多無法解釋的宿命，千百年來普渡眾生的工作，令祂們也不禁心生倦怠了。

我沒有反駁母親，儘管我一點兒也不相信。神壇的技倆只能夠瞞騙母親。然而如果這樣可以減輕她的喪女之痛，我選擇相信。她似乎非常欣慰，爲在另一個世界的女兒所獲得的「成就」而喋喋不休，比我小時候考第一名、參加各種競賽得獎還要快樂。我知道她不會告訴父親，他是無神論者。母親花在「拜神」的金錢和時間，依照父親誇大的統計，簡直可以蓋一幢大樓。「迷信」是他的結論。儘管如此，他也僅止於語言上的不滿。家人和稍有來往的親戚都知道，十三歲的大姊急性肺炎驟逝，母親不眠不食，如失魂魄，是「神」的巨手摀住並癒合她的傷口。那家神壇和壇主夫婦就在此際走入母親的生活。

她對神的依賴從打聽大姊的「近況」，慢慢擴張到請示全家生活的大小事宜。清晨誦經，即是她向神稟告和交談的時候。初一、十五則全日如齋。隨著我們的成長，她請進家裡的神祇也愈來愈多。先是觀音、如來、彌勒佛，而後齊天大聖、關公、地藏王等等也都佛道同處一桌，供品齊齊分享。曾經我好奇的問母親，那麼多神分四個橘子，幾個糕餅，難道祂們不會爭吵？她沒有回答我，只是專心的給天神和地主上香。

母親每日光是忙著洗神杯、換茶、上香、念經，便幾乎可以耗掉慢動作的她大半個上午的時光。神誕或農曆七月一來，她像隻工蜂，忙得連睡眠吃飯都受影響。這段時間，她忙著疊元寶、燒冥紙，夥同一群同好姊妹去超渡孤魂野鬼。父親三番四次勸阻，她總是說：「當做點好事積德吧！」忙碌慢慢磨平她喪女的銳痛。後來她竟然反過來安慰我們，大姊是神仙命，儘管那已是大姊傷逝之後四年，我已經穿上高中的純白制服。

我開始可以容忍她對神的虔誠，接納祂進入我們的生活空間。我總是想，是祂把走在悲路上的母親引到一條乾淨明朗的小徑。雖然我覺得大姊仍有「近況」可言有些不可理喻，母親卻覺得大姊仍一直陪伴在她身邊。

母親傾訴心事的對象，竟是大姊。母親透過神向大姊叨絮一些生活瑣事，發點牢騷，或者抱怨命運。那年我上高中，母親說要燒些成人的洋裝衣裙給她。父親欲言又止，我卻悄悄的流下了眼淚。

第一次陪母親到神壇是即將上大學那年。巴士拐出市區，乘客漸稀。最後在一個頂篷半掀的候車站，我們下了車。我手上提的水果鮮花似乎愈來愈重，便不由自主的放慢腳步。母親轉過頭，停下來，等我，額上一片汗珠瑩亮。剎那間我錯覺母親淌了一額一臉淚水，提著袋子的手不禁微微抖索。

那是一個簡陋的住所，供奉著大大小小的神祇不計其數。乍看那場景布置，卻是似曾相識。暗紅搖曳的燭光使眾神的面目忽而清晰忽而模糊。無論我走到哪，總覺得眾神的目光就在背後注視我。我忽然有點兒心虛。祂是否洞悉我的不敬和恐懼？若非母親堅持，此趟我不會同行。那位福態的中年婦人，母親稱她文嫂。我的目光停留在她身上，滿腦子問號。她爲甚麼擁有和大姊交談的能力？不！應該說，她憑甚麼獲得母親全心的信賴，毫不懷疑？那力量強大得足以平復喪女的剜心之痛，可以罔顧與父親夫妻情分的阻力？

我內心的忿怒不由得迅速膨脹，如章魚的八爪向獵物伸展。這個走在人群裡毫不起眼、母親口中「沒有讀過甚麼書」的女人，她假神之名詐騙母親，也一併愚弄了家人。怒火熊熊燒上臉頰，我霍的一下掉頭走出屋外，拋下她們的錯愕和不解。

一路上，我仍無法釋懷，一種複雜的感情不斷的發酵。回程巴士如御風而行，我的思緒仍然留在那個香火如霧的所在。我總是對神心存恐懼。祂們的森然造型令我害怕。即便是家裡的眾神，我也不敢獨自與祂們面對。然而當齊天大聖、關公回到《西遊記》和《三國演義》，他們的形象和舉動就變得那麼人性化、趣味化起來。從小，我就爲漫畫裡的孫悟空和關羽著迷，他們陪我度過多少漫漫長假的無聊日子，不知替我單調貧困的童年開闢了多少的神遊空間。那幾本漫畫，是我省吃儉用了一個星期的零用錢買下的寶貝。他倆不知道在哪一個時代被建構爲「神」？從此每天看著善男叩頭，信女膜拜。調皮搗蛋的孫悟空，是否會嘲笑人類的無知和幼稚？至於那些把人神化的祖先們，是否在天上也爲自己超越凡人的智慧而沾沾自喜？

許多年後，當我毫無選擇的成爲神壇的鄰居，「神」再度徘徊我的生活和想像的空間。我在那兒住了二年多，和幾位熟面孔的香客成了朋友。我從他們的身上找到母親的影子。他們的共同特徵是生命充滿無可彌補的匱乏，生活中太多的空白，一種因閒散而產生的、對未知的恐懼和期待。也許手中掌握的東西太少、太令人失望，只好請求神祇賜福，塡補一些被生活的利齒嚙咬出來的缺憾，磨平生命帶來的災難。他們拜神的目的歸納起來不過是人類的共同心願：祈福。既平凡又實在，一點也不過分的要求。

住久了，我漸漸能從香客的表情判斷他們究竟是「有所求而來」還是「已所得而去」。若是前者，他們的臉上總有因未知和等待而生的焦慮，步履匆忙。離去的人不一定腳下生風，但是至少神色不至於緊繃。我可以想像，無論神賜予的答案是圓滿還是缺憾，神總會給人希望，即使是缺憾，那答案也不是毫無退路的「結果」。也許這個答案不至於很好，但絕對不會太壞，而且出自於神之口，更有絕對的說服力。

是的，他們是祈福的平凡眾生。我想起母親。走出大姊的傷痛之後，她拜神不外祈求闔家的平安，父親即使再不喜歡，也不忍苛責和反對。拜神已經變成她的精神寄託，神壇那裡有文嫂的友情和神的眷顧。父親偶爾還會順道接送她。私下父親告訴我，母親花在拜神的錢實在遠勝於嗜賭如命和戀物成癖的女人。更何況我們幾兄妹長大了各有自己的天地，父親心在事業，相形之下，母親便是落單的孤雁，我們應該慶幸她還能擁有一個可以傾訴的天地、還有萬能的神可以信賴，並指點迷津。

我仍然在問自己：神，果真與眾生同在嗎？救人的畢竟是「人」，不是「神」。祂縱使替人類指迷，也必須透過人傳達神意。成爲中間媒介的人，他的道德和良心是關鍵。如果他們詐騙斂財，便是神的追隨者的悲哀。這些假神之名行欺財之實的人，使在苦海浮沉，找不到彼岸的民夫愚婦，成爲任人刀俎的魚肉。父親咬牙切齒的稱這號人物爲「神棍」，一副猶有遺恨未了的意味，因爲他也曾是間接受害者。

母親當年情同手足的好友自一場大病康復之後，自稱濟公授意她爲人類消災，普渡眾生的苦難。母親除了慷慨解囊建壇之外，還四處募款，鼎力相助。相形之下，文嫂那兒是少去了。建成之後，這個神壇卻仍有許多名目要樂捐，香油錢也貴得教人起疑。有人錢給少了，竟然用名簿記錄某某人「賒欠」。母親心裡漸漸起了疙瘩，卻始終不肯明說。終於還是父親開了口，而後左鄰右舍也有人起了頭。打聽之下，彼此的「災情」都相差無幾。那家的「神」對眾生總是諸多要求。過世的親人要衣服、錢、汽車，稀奇古怪的例子不少。譬如那家的阿婆生前喜歡旅行，死後習性依然不變，不時要飛機票去夏威夷、美國等地，倘若時節恰逢寒冬，還得燒些禦寒衣物；某人生前喜歡賭博，到了另一個世界還要燒副麻將給他。將信將疑的家人不免陷入兩難：燒？不燒？結果是寧可信其有，花錢圖個心安。事後按照慣例自然得封個大紅包答謝「神棍」。

騙局的引爆點是生前忠厚的劉家大哥。劉家大小一次又一次的在神棍的遊說之下燒了無數美輪美奐的大廈、名錶、豪華房車給在陰世的親人，花了無數的香油錢，只因神棍說他在那個世界成了名流，常常要交際應酬。劉家在喪親的哀痛中漸漸回復的時候，理智也逐漸清醒，劉爸爸在一次指責神棍的劣行時，掀開對方的底細，兩方人馬吵翻了天。然而他們早已利用神的名義蓋起了華廈，名車代步。人們遇到一隻披著虎皮的狐狸，大把的錢已經砸了下去，何況還是大家心甘情願從自己的口袋掏出來的。眾人的怒氣最後還是點燃了大火，犯了眾怒的「諸神」在一夜之間逃得無影無蹤。神棍意猶未盡、假神之名留下恫嚇：冒犯神明，不得好死。

那件事令我對神一直存在著極深的警戒，儘管時日久了，已不再像當初知道事情眞相的時候那麼深惡痛絕。然而它對母親的打擊不小，母親因爲此事遂更加沉默了。

事隔多年，成爲神壇的鄰居之後，我再一次面對因爲人的德性好惡而抹上善惡色彩的神，以及對神毫無保留、絕對信賴的眾生。我有一點害怕，又有一點僥倖的期盼，期盼這是一個普渡眾生的神壇。

那一個七十幾歲的老太太，視神壇如家。我搬進來之後，她是我最熟悉的香客。清晨我坐在窗前讀書，常常見她打從巷口那端緩緩行來。手上偶爾一袋便宜的當令水果晃盪，像一串欲墜的生命。她梳一個灰白稀疏的髻，臉上的表情和行動都在闡釋一個「苦」字。那是到了極致的大慟，無法言說，所以只好用身體、用神情來控訴。她的兒子女兒在一次團體旅行中車禍喪生，她想讓悲痛慢慢把自己啃死。可是形體頑強的活著，只是意識神經被電殛般每分每秒在喊痛，面對未來，她只有無語問蒼天。她不知道該怪誰、該向誰討回公道。

神告訴她，這是命，前世的苦業今世了，來世自有今世的福報。這些殘酷的話語對她沒有實質的補償。但是她接受了自己惡極壞極的命運。哀痛難免，卻已沒有怨氣，只剩下對自己的悲憫。

我長長的嘆一口氣。看她用巍顫顫的手點火、燃香、閉目膜拜，開始虔誠的祈禱。她的嘴唇翕動得那麼厲害，彷彿眞有無盡的哀戚要傾訴。觀音菩薩一逕垂首低眉。祂果眞聽得到人間的悲慟嗎？祂若悲憫，爲何折磨那已駝已殘的身軀，讓一個風燭殘年的老人去承擔人世間最嚴酷的刑罰？而後再指示人們這是必須接受、無法改變的業障？

夜裡斜對面神壇的兩盞紅燈籠格外耀眼，像神的火眼金睛。想起神棍的惡行，我覺得它們是一對邪惡之眼，看透了人性的弱點，恣意的攪拌人類稀薄的理智和脆弱的感情；母親捻香拜佛的身影出現，我又覺得它的燈光分外溫暖安詳，在眾生心靈受創時給予無可替代的慰藉和力量。無論從人性的角度去理解，或從迷信的負面去批判，神仍然應該存在，存在於悲憫和同情的理解之中。

那兩盞紅色的燈籠在晚風中輕擺，我彷彿看到大姊清澈明亮的眼睛在星星滿布的廣袤夜空，默默的注視我。下次回家，我要陪母親到文嫂那兒去上香，說不定，母親還會請文嫂把大姊成仙的經過再仔細的講一遍呢！

——原載一九九七年四月三～四日《台灣新聞報》

禁忌與祕方

在知識無法開發的國度，星散無數禁忌與祕方這對孿生兄弟所統治的領土。原則上，年紀愈大，讀書愈少，國民的忠誠度愈高。村野荒郊，陌生人罕至的所在，他們的勢力也愈顯赫。然而，在高度發展的城市，你已然找不到兩兄弟的立足之處，了不起，或許可以逮到一兩隻畏畏縮縮的小爪牙。

實在無法想像，朋友爲我仔細挑選的休養之地，竟然如此蠻荒。馬路兩旁的莽林深邃綿延，左右兩邊的風景一成不變，互爲倒影，一逕深淺不一的綠色一直護送我到那幢半新不舊的房子。人未下車，一聲怪叫打從旁邊的舊房子裡潑出來，自側窗探出半個灰白的頭顱，高分貝的吼聲就是出自與聲音極不相稱的乾癟小嘴。

故事，要從這位九十三歲的老婦人說起。

「開襠仔，你的朋友來啦！」我的朋友，堂堂一個放洋博士只能嘿嘿傻笑以報，好像被人捉到了甚麼不名譽的事。老人家頂一頭濃密銀絲，話特多，老憋不住，似乎只要稍一耽擱，心情就會變餿、發臭。我們方進屋，老人家便拄著高她半個人頭的枴杖，遞來半碗米粒，執意要我們撒散每一個角落，說是有魔逐魔，有鬼逐鬼，百毒不侵。

她似乎一刻也停不下來，盤問犯人般鉅細靡遺的問我的家庭狀況、職業、此番來住的緣由。若非她家人來喊，必然還會拋出無數的問號。她似乎志在發問，也不等我回答。朋友對她過分的熱情無動於衷，又對她的迷信頗不以爲然。那碗米粒他不屑一顧。學理工的朋友是典型的實證主義者，絲毫容不下沒有理據的「無稽之談」。童年經驗在他身上早已蕩然無存。知識分子的冷靜沉著使他稍顯不近人情，尤其不能容忍老太太這等禁忌和祕方的忠實子民。

朋友拿出一張自製的小鎮地圖，交代一些瑣碎生活細節，用都市人慣有的匆忙離開。時近黃昏，晚霞的胭脂愈抹愈大膽，天地都是一片調不開的紅黃，遠處隱隱傳來孩童嬉鬧，飯菜熱香。我趕在夜色未占據房子之前開了燈，柔和的燈光承諾了一個寧靜的夜晚。把米粒隨意散在房子的角落，忐忑的心才眞正安頓下來。

黃昏未走，夜的子民和聲音卻已部署完畢。一隻貓頭鷹徐徐降落在對面的枯枝上，蚊蟲和飛蛾漫無章法的亂飛。這樣的環境和氛圍令時光倒退回童年。尤其是老太太這樣的人物該活在我十年前的記憶裡。她們點撇不分，大字不識一個，一生從未讀懂一頁書、一行字，不看報紙，不翻雜誌，卻照樣有本事把階梯似的孩子帶大，還常養出幾個知書達禮的讀書人，間或出一兩個博士。不得了了，她們會以驕傲的口氣四處向人炫耀。沒有人會責怪她們，這分榮耀和高興確實抵得上。她們究竟用了甚麼法術，使得瘠土竟然開出了燦爛的花朵？

關鍵出在那些口耳相傳的祕方。再刁鑽古怪的疑難雜症，也逃不出那些土方的手掌心。土方嘛，也不必花錢去買，不外乎那些不起眼的野草，摘些花、葉、根莖或果實，或煎或煮，內服或外敷。它們的缺點是難以忍受的苦澀。

我記得當年隔鄰的小玩伴，四五歲了，才那麼一點兒大。哮喘病發作時，大人慌得搗蒜般團團轉。村子裡的老太太早就勸爲父母的養一窩白胖白老鼠，趁小東西未睜眼之際，讓孩子生吞。年輕的夫婦半信半疑，嫌殘忍，然而遍醫不癒，父母心終究不忍，只好姑且一試。沒想到果然奏效。小女孩與我是小同窗，小五時個子毫不費勁的直向上拔，是我們國小的籃球明星。可是她抵死都不承認喉嚨給活生生的白老鼠溜過滑梯。誰敢指證歷歷，她準翻臉，說不定一個凶狠的籃球兜頭砸過來。

那時候村子裡的老太太也頂愛漂亮，她們用不慣市面上的爽身粉、滋潤霜，每個人都有一大罐自製的水粉。粉圓大的水粉聽說年輕人用了不長青春痘，對老年人則具美容養顏的功效。鄉下的老太太洗過澡，照例要往臉上抹一層白皙的水粉，頑皮的小孩戲稱她們是「白面鷲」。然而水粉用水十分講究，一定要用七月初七乞巧節的清水，搓好水粉，要擱在陰涼的地方放上一年，待來年七巧才能開封。現在誰還有農業時代那麼好的耐心和浪漫情懷？

所以，當那位鶴髮的老太太在大太陽底下，抹著一臉花白來敲門時，我真有他鄉故知、時光逆轉的訝異與溫暖。水粉牽動的，是對一個時代的審美觀和文化背景的懷念，一種無可救藥的念舊情懷。

老太太從那個古樸的年代走來，那個充滿祕方和禁忌的時代，就像老太太一樣熱情、好奇、分不清自己和他人的界限，還不懂要求膨脹得過分，令人敬而遠之的自我和權力。她和那個被淘汰的時代一樣，對「情」的體悟和施捨遠勝於冷硬的「理」。

住了數日，老太太天天下午來閒聊。老人家睡得少，可是精神頂好，記憶力也佳，半點不顯老態。她一眼瞥見我的白上衣在風中鼓盪，大驚小怪的喊：「哎喲！昨晚掛到現在，過夜的白衣服是會被做『降頭』的咧！快收快收，在胯下過三下，這樣鬼就會衰，邪術也害不到你了。」

我自然不信，卻順了她意，忍著笑，照做了。回轉身坐好，她又嫌我頭髮過長，吸收了大部分營養才會體弱，那毫不客氣的口吻，彷彿我是她的親人。請她吃蓮霧，她又數落我沒把藏鬚絡的那幾個「耳朵」摳掉，理由是：會耳聾。這眞是新鮮。問原由，答：「耳朵聾了後妳才要後悔啊！」這也算答案？

老人家的那套生活哲學充滿不可理喻的規範，雖不合理，也有可愛之處。她憑一個女孩子握筷子的高低，就能斷定她未來婆家的遠近。那麼，男孩子又如何？「不要緊啊！男孩子又不用嫁人。多遠的太太都能娶回來。」朋友要是聽了這番話，準會擱下一句：「封建！」

房子唯我獨居，但四周有房舍毗鄰，狗吠聲此起彼落，因此並不害怕。然而夜裡獨坐，樹影綽綽時，許多屬於小時候的禁忌便從古老的時空迤邐而來。老人家都告誡小孩，夜晚不得吹口哨、口琴和簫等，尤其禁止在七月的夜晚，那會引來遊魂野鬼。

「那麼那些聲樂家在七月都不能舉辦音樂會囉！」發問的是一個剛讀國中的大孩子。老人家沒有回答他的疑問，卻振振有辭的教訓他：「沒有禮貌，老人家說的你就聽，課本又不是通書，甚麼都會寫得清清楚楚的。寫書人沒有住過山芭，怎麼知道這些規矩？再說，書本教你頂撞老人家嗎？」

那是用生活的智慧去詮釋宇宙現象的豐饒時代。夜裡吹簫易召魂乃是對寧靜的一分呵護，對鄰人的一分體貼。老人家用禁忌訓誡我們，也用祕方應付上天所降下的災難。小孩受了風寒，鄉下的媽媽首要之務不是找醫生，而是煮兩只熟蛋，在壓碎的蛋白裡放進一枚銅板，手帕包了趁熱擦遍小孩的全身。說也奇怪，取出的銅板一定呈黑褐色。而後再用整顆蛋黃如法再擦，那上面便附著一顆顆的小毛球，倒像是蛋黃長疹子。隔天，病便好了七八成。我始終不得其解。究竟是誰，在甚麼時代，如何發現這麼靈驗又經濟的土方？

跌倒流血，老奶奶的第一個反應就是沾點口水往傷口抹。現在竟有科學根據。我敢保證老太太絕對不懂口水能殺菌的深奧學理。這種方法已漸漸走進了歷史。我周遭的年輕媽媽壓根兒不信，誓死不相信這種沒有科學根據的偏方。所以當隔鄰的老太太爲她跌倒的小曾孫實行口水療法時，那位新潮的孫媳婦一副被髒鞋子拍到臉的狼狽表情。

有一次我問老太太，五花八門的偏方是否有失效的時候？她斬釘截鐵的說：「失效的還會流傳嗎？流傳下來的都有效。」她顫悠悠的搖著蒲葵扇，十分自得的樣子，「我一生病，就吃草藥，從來不必看醫生，那是祖母傳給阿媽，阿媽傳給我的。再說，我們也很少生病，那有現代人那麼『豆腐』，碰一碰就要躺幾天？」

老太太是有點兒火氣，心地卻很好。那牢不可動搖的固執來自她根深柢固的生活哲學。一切關於禁忌和祕方的話題，總會得到她熱烈的迴響與饒有興致的補充和修正。不過有一個原則：一定得承認她的正確，否則，她會發個小脾氣，用高八度的聲音來吼話。

我總是心甘情願讓她。爲甚麼不呢？她就是從那個由禁忌和祕方的時代走過來的、不容辯駁的活證據。如果我有她那把年紀，擁有同樣豐富的生活閱歷，那麼，我也會用高八度的嗓音，氣勢洶洶的喊回她。

——原載一九九五年九月二十六日《中央日報》

徊盪，在兩個緯度之間

我本來想記錄一個生活九年的城市，一個度過大學和研究生活，至今仍在它的腸肚裡穿梭的都市。苦苦搜尋才發現，我其實只有一條長長的街道可供銘記。這條Z字形的長路竟是我九年生活的縮影，其他紛歧的記憶，不過是從Z字分叉出來，或者繼續延伸。

這條路眞的十分簡單，即使路痴如我，走過一次就會牢記。如果到雜誌社，下班的時候，從和平東路一段十四樓的大廈下來，過馬路走到師大，從和平東路拐進師大路，再左轉進入羅斯福路，一直走到台電大樓公車站，運氣好，等個十分鐘，社區公車就會沿著塞車的羅斯福路、北新路，然後慢慢的爬上九彎十八拐的山路，把我送回美之城的家。不上班只上課的時候，我只要從師大左轉進入羅斯福路，想都不必想，腳是一頭訓練有素的導盲犬，自然會把我的身體領回山上的窩。

我甚至可以細數這條街九年來的滄海桑田，我熟悉它彷彿我熟悉久居的故鄉。譬如師大路上的小豆苗曾經一變而爲餐飲店，又由餐飲店變成現在的水果店面。師大側門正對面那家屈臣氏原來是香雞城，七年前我和室友曾經在那裡慶祝得了一個小小的文學獎。然而前年我在社會版上看到那位韓國室友的照片，不可置信的竟是被殺害的消息，我想起好像並不很久以前，我們曾在香雞城用手抓雞肉，邊啃邊笑的情景。現在我下意識的都打屈臣氏對面過，好像這樣就離開那感傷遠一些了。這麼說來，我好像漸漸認同這個城市了，因爲我也擁有一條承載回憶，有故事可說的街道，可以坐下來泡壺茶慢慢一件一件細說從頭，甚至可以用唬人的記憶，以假亂眞的讓他鄉變故鄉。

然而，對於這個城市，我還是帶著與生俱來的偏見。那偏見建立在比較的基礎上，比較的對象是哺育我生命前十八年的原鄉。譬如刁鑽的味蕾早已不再嗜辣，胃囊也無法承受香味濃重的香料。然而別以爲它們已經馴服了，既然連被馴養的老虎都有潛存的獸性，何況舌頭對味覺永不磨滅的記憶？它和記憶一樣，對味道也存著與生俱來的偏見。

師大路上的一之軒新鮮麵包的出爐時間，正搭上我拎著空虛的胃、拖著疲憊的身體準備回家的時候。我的眼睛總是隔著玻璃瀏覽剛出爐的新鮮麵包，一面壓抑著餓得拚命打鼓的胃囊，同時偷偷的想念隔著南中國海那端馬來攤子上剛炸好的curry puff。一次發現一之軒竟然也賣起curry puff，只差沒感激得當著店主落淚，買了之後迫不及待的就在人來人往的走道上邊走邊吃。然而，那味道卻讓我的幻想立時破滅，舌頭馬上使出它的分別心，以及並沒有完全馴服的野性。畢竟，那叫咖哩角，不叫curry puff，外表近似，而異名異實，是我一廂情願讓它等同於我的鄉愁。

好吧！如果你說這樣的比較不公平，因爲一個人的故鄉毫無例外的占了先天的優勢，何況家鄉亮麗的藍天白雲和綠野早已收買了我的心。那麼爲了公平起見，我就比一比同是讓我沒甚麼好感，同時相對於我成長生活的小市鎮，它也算是異鄉的都市，吉隆坡。

我確實對吉隆坡沒甚麼好感。具體的說，是對任何擁擠的地方都沒有好感。我以爲在台北生活了九年，早已麻木了上下班時段那種分不清是擠人還是被擠的日子，也習慣在交通的尖峰時段練就心平氣和以對。因此今年寒假要在吉隆坡小住的時候，儘管朋友事前一再咬牙切齒數落殺千刀的吉隆坡交通，我卻自忖憑自己高深的功力，應對起來絕對綽綽有餘。吉隆坡的腸子蠕動再不良，它要消化的汽機車數目比例總不及台北吧！台北的腸子可是嚴重堵塞，到了該用通腸劑的病態地步了。

沒想到我料錯了！交通堵塞根本不需要理由，那是任何一個被人口和汙氣塞滿的都市都有的脾氣，發脾氣當然不須按牌理，也不用挑時段，不必非等到上下班時間，它甚麼時候不舒服了就堵一堵，磨一磨這些翻不出它手掌心的現代人。那天下了高速公路進入吉隆坡市區，巴士就停停走走，一段平時十分鐘可走完的路，竟花了半小時之久。我看看手錶，下午二時三十分，奇怪的塞車時間。後來連司機都不耐煩了，叫我們乾脆下車，步行到Puduraya總車站。再下來更莫名其妙了，從Puduraya到Subang Jaya平時只要三十分鐘的車程，竟然行行重行行，走了兩小時！我在毒辣的赤道炎陽下有些頭昏腦脹起來，開始想念此時正是穿著厚重冬衣的台北，迷糊中好像聽到有人幸災樂禍的說：「這些都市人就這麼賤！」

我一聽，笑起來為這話喝彩：「說得好！」。「賤」的意思十分豐富，我把這個

「賤」字理解成做田的人說自己命「賤」的賤，不是負面意義，而是指不嬌生慣養、耐活的意思。現在都市人也一樣，在充滿汙氣和毒素的都市裡抵死賴活，還活得有滋有味，自命適性逍遙，他們才不管這層意思並非莊子的本義，完全是郭象個人歧出的理解，反正還挺愉快的活著就是。

兩個小時的塞車時間，我儘在假設台北。如果，此刻人在台北，嗯！我大概裹著厚重的棉被窩在暖床上冬眠，裹著棉被的是寒流，空氣因爲冷而顯得清澈，連心情也乾淨起來。寒冷總是讓人產生假象，同樣是下午二時許，夏天的台北就讓人覺得煩躁無比，整個台北盆地是一個沸騰的熱鍋，行走在太陽下的人們是一隻隻裹著灰塵、滋滋滴著油汗，炸過的褐黃色蝦子。此刻吉隆坡和夏日的台北極似，若不是停停走走，錯身而過的司機有馬來人和印度人，我眞以爲又回到了那個被夏天詛咒的城市。穿過左右兩排的車陣望出去，我幾乎絕望了，哪來這麼多的車潮要擠同一個方向出去？大部分都是國產車，不是proton saga就是proton wira，肩併肩辛苦的挪移著。當然這和台灣高速公路變大停車場的規模比起來是小意思，然而太陽猛火的熬煮令人神志模糊，我不停的喝水，一面得承認自己失去了某些在熱帶生活所需的元素，或許神經得再遲鈍些，認命些，汗腺和脾氣同時要收斂些。

朋友說吉隆坡愈來愈國際化了，包括說話的方式。人們說的英語快得讓人覺得誠意變稀薄了。華式印式馬來式腔調的英語或者美語，反正是傳達意思，聽懂就好，何必在意沒甚麼作用的誠意？就像在台北，誰管你說的是閩南腔外省腔或者字正腔圓的國語，反正不是要當主播，沒有人會要求老老實實的捲舌音。唯一有趣的是這兩個城市的國語，在文字的用法和發音上讓我隨時意識到身在何處，該行哪一種禮儀。在台北，初見面的朋友我會禮貌性的點頭，斷然不會像在馬來西亞那樣握手。難怪同樣的語言在馬來西亞叫華語而台灣的是國語。

我細細揣想國際化的意義，其實不過意味著生活節奏的壓縮，讓左腳不斷追趕右腳，人趕人，時間追逐時間，不容生活有餘韻可以稍作休息，偷個懶像犯罪一樣心虛。是啊！都說台北也是國際化的都市，難怪走在那條Z字形路上，我永遠是邁開大步目不斜視的往前走，通常是下班後爲了搭上那趟脾氣捉摸不定的公車。它把我喜歡慢吞吞東張西望的個性磨得光溜溜，那開步往前走的姿態是典型的、隨著城市生活節奏打拍子的都市人。台電大樓前風力奇猛，如果遇上下雨的寒冬，我從阿Q那兒學來的禦寒方式，就是邊跺腳邊想念著回到家後，泡進熱呼呼的浴缸那種獲救的溫暖，還有熱浴之後那杯熱茶，是要喝翠玉，還是金萱？

當然我也有存心和自己過不去的時候，故意和公車賭氣似的慢慢走，有時候眼睜睜目送公車呼著一屁股臭氣在對街經過，我便不過紅綠燈了，乾脆晃到新生南路口台大對面的誠品，讓淹腳目的出版品平衡自己悲壯的心情。在這麼快速的時代，連要慢工出細活的創作都可以大量仿製，而其實一部用五年去經營的手工藝品，如果沒有人願意挪出一點看垃圾電視的時間，用點喝下午茶的心情去細品，那對書潮洶湧的出版界並沒有太大的差別。

下午六點鐘的新生南路上，有許多台大的學生，他們應該是來覓食的。更多的上班族，他們有屬於上班族的神情和世故的裝扮，以及那種不分男女，令我過敏的香水味；還有我說不出來的，一種姑且稱爲辦公室的味道。這就是浮世吧！每個人都像泡沫浮在城市的地表，被一波波一輩子也弄不清楚的浪潮推搡著向前走，一直走到那個叫老和死的目的地。

新生南路對面是熱鬧的公館，那裡是衣服鞋子的天堂，偶爾在裡面醉生夢死也是好的，沉溺在那些令人產生繁華盛世幻影的色彩和款式。我自忖沒有逛街的耐性，眼花撩亂的衣服讓我暈眩，再來我也沒砸大錢置裝的慾望。買衣服和買書不同，前者要隨性，看對眼就是了，無需刻意出獵，後者則相反，總要耗些時間精挑細選。不過買對衣服和買了好書的感覺一樣快樂。公館的衣服誇耀的色彩，可媲美颱風來臨之前的詭麗天色，二者同有末世的情調，一種不顧一切的大力揮霍。那詭譎的晚霞就在台大校園的上空，像濃妝豔抹的女鬼，再豔，仍是鬼氣森森的令人避之唯恐不及。

吉隆坡當然也有這樣的大手筆，熱帶的瑰麗雲彩，可以不惜成本狠狠的抹，一層又一層貨眞價實的厚濃顏料，在高樓與高樓之間的天空架起七寶樓台。不過，這時候從各辦公大樓湧出來、爲生活賣命的工蜂根本沒有心情欣賞，他們的心室被重重的疲倦塡實了，臉上也有掩蓋不住的倦怠，那種疲憊帶點印象派的朦朧美，被大自然的豔冶修飾過的頹廢。

熱帶的雨水豔陽向來不計成本的任人取用，這種本色同樣反映在馬來美食上，辣椒像是會自動冒芽生長似的，甚麼菜裡都有大大小小不同的辣；還有酸柑，再怎麼掩飾，那俏皮的酸味還是會挑逗被清淡台菜養得老實的味覺。再來是洋蔥，它不是菜裡的主角，但是缺少這配角的陪襯，那香辣好戲總是演不出眞正的好味道。可憐的腸胃享用那頓盛情十足的美食過後，第二天又痛又瀉。我卻不知道該感謝還是懊惱，總之在腹痛如絞的時候還是想，無論如何得再嘗嘗那又香又辣的tomyam，我在台北因爲尋訪那道地的口味不知失望多少次了。那絞痛的壯烈一如香辣在舌尖停留的時間，下午一場覺醒來，倒像那痛是一場夢，一場熱帶來得快去得急的傾盆大雨，爽快俐落不留痕跡。

夜晚十點過後的吉隆坡才眞正稱得上美，我們在Kajang吃完沙爹後往Subang Jaya方向開。車輛逐漸稀少的高速公路燈火輝煌，亙長的流線型金黃色公路像跑道，開起車來如御風滑行，一百左右的車速，連轉彎都流暢無比，感覺上輪子在輕輕的貼地飛行，它和馬路是一體成型的，如此才能契合無間。遠處吉隆坡的夜景一覽無遺，黑暗的夜空下，它看來像是童話裡金鑄的城堡，神采奕奕像是馬來或印度小孩一彎濃眉下，清澈深邃的美麗眼睛。我突然想，如果眞要在吉隆坡找一樣可以令我平心靜氣的東西，那就是夜晚的遊車河了。一種速度的飛馳快感和如魚得水的暢快。在台北的朋友常說讓跑車開在盆地裡又窄又擠、到處是坑洞的馬路上，簡直是糟蹋。於是在速度的快感中微酣的我，有些得意的笑了。

然而我還是不禁有些失落。對吉隆坡來說，我也是一名遊客，在數年一次探親訪友的時候，偶爾投影在它繁華的街道上。台北，卻是我生活了九年的地方，一個已經不再能用喜歡或討厭的感覺輕易打發的城市。或許在我眼裡它眞沒甚麼優點，沒事我絕不在它懷裡停留，快快離開令我窒息的人群回到山上的家，做個不合時宜的隱居者和一大群野貓為伍，享受牠們對我的依賴和信任。

但是那條長長的Z字路，從樓下的和平超市開始，我可以沿路「買著」回家，從吃的用的到觀葉植物玫瑰花，乃至順便到師大路口那家花店隔壁的中藥店買包紅棗或枸杞。公車時間還早，就和老闆娘聊兩句，玩玩那隻善良熱情的杜賓狗。中藥店旁邊的巷子那家賣水果的夫婦，我打從大學住在師大路旁的宿舍起，就跟他們買水果，老是送的比買的多。現在沒辦法再大包小包大老遠提回去，偶爾經過，老闆老闆娘還是會關心的問候。我總是想，對於台北，在情感上我也許並不認同，記憶，卻已不知不覺的選擇在這裡紮根了吧！

——原載一九九七年十月《台北畫刊》

渴　望（後記）

寫完〈忘記〉，這本散文集的最後一篇，我卻不斷開始回憶。這眞是書寫的詭異，我試圖透過文字去釐清一些糾纏不清的思緒和無法言說的祕密，卻一再掉入自己挖掘的陷阱裡。此刻，我的腦海不斷重複油棕園的點點滴滴，這原來和這本散文無關——散文集裡沒有與油棕園相關的題材，可是我卻在它完成之際，極度渴望重回油棕園，去呼吸林野的香氣。我想再看一眼以前的自己。

找到以前的自己，好像就能找到這本散文的蛛絲馬跡。沒有住過油棕園的人大概很難想像，那樣廣袤美麗的大園坵，蘊藏了多少驚喜。清晨帶著兩隻狗兒跑上山頂的時候，牠們總是一面呼吸著又溼又涼的空氣，一面伸著舌頭，呼呼呼的在雜草叢中搜尋大蜥蜴和蛇的蹤跡。當然有時候牠們會被突然躍出的山雞嚇一跳，或是讓松鼠引開了注意力。偶爾是一隻無關要緊的小蜥蜴，牠帶著昨夜的夢境，準備從油棕樹爬下來，卻沒想到有兩隻大狗對牠垂涎仰望，因此一時分不清是不是墮入另一個惡夢裡，那茫茫然的神情顯得可笑又可愛。

安靜的油棕園慢慢投下大束大束的陽光，剛睡醒的園子有一種很好聞的香氣，我無法形容，但是它讓我學會了以氣味去記憶。每一個人每一樣東西都有它的氣息，只要記住了那獨特的味道，就等於擁有，我不需要霸占一個容易改變和毀滅的實體。我發現貓咪也有這樣的怪癖，難怪我和牠們特別投緣，貓咪對我也特別親密。

除非是採收的季節，油棕園才會有零落的工人。否則那兒的安寧是一種杳無人聲的靜謐，豐盛的靜謐，充滿大自然繁富的聲音，寧靜得讓人覺得回歸自己意識的螺殼，甚麼話都懶得說，說了就會破壞天地間緩緩流淌的美麗，破壞了天地的奧祕。露水落在油棕葉、野草和蜘蛛網上，同時也打溼了我的頭髮。我覺得自己是天地寵愛的女兒，生活裡有再大的委屈，我也不洩氣。

有時到油棕園是黃昏。滿天滿地的晚霞，太美的晚霞令人覺得害怕。太美了，會讓人覺得它一會兒就要消失，實在太可惜。偏偏自己無能爲力，無法挽留哪怕是一秒鐘的美麗。我只好眼睜睜目送它離開，十分不捨，儘管知道它會回來，卻總覺得明天或後天的晚霞，絕對不會重複今日的自己，每一天的晚霞都有不同的妝扮，消失了，就是天地撤走人間一道獨一無二的宴席。

油棕園的日子讓我過著十分自我，接近自閉的生活。天地萬物以一種神祕的語言和我溝通，讓我即使獨處也充滿自得和快樂。在台北，我還是選擇一個相對安靜的居住環境，複雜的人事讓我退縮。在都市叢林生活了十年，我是一隻野不起來的潑猴，「潑」性雖在，也沒有樹林讓我盪鞦韆，讓我撒野，只好養了一群野貓自娛。可惜野貓一經馴養，野性全無，我殘餘的野性只怕還比牠們厲害得多。

這樣我只好在文字裡盪鞦韆、撒野。至少覺得自己的野性並沒有消失，我還可以運用那套和天地萬物溝通的語言，去虛構種種似幻疑眞的生命影像，去記憶一個現在和過去重疊的自己，讓你以爲讀到了我的身影，但實際上沒入叢林裡的，到底是一隻耍弄語言的潑猴，抑或是植物交談的手語？

一九九八年二月七日．台北碧潭

鍾怡雯創作年表

一九八八　九月，來台就讀國立台灣師範大學國文系

一九九一　〈山的感覺〉獲第九屆師大文學獎・散文首獎

〈童謠〉獲第九屆師大文學獎・新詩首獎

〈童謠〉（增訂版）獲台灣新聞報文學獎・新詩首獎

〈天井〉獲台灣新聞報文學獎・散文佳作

〈來時路〉獲第三屆新加坡獅城扶輪文學獎・散文第一名

〈島嶼紀事〉獲第一屆馬來西亞星洲日報文學獎・散文佳作

一九九二　〈馳想〉獲人第十屆全國學生文學獎・散文第三名

一九九三　就讀國立台灣師範大學國文所碩士班

〈可能的地圖〉獲第三屆馬來西亞星洲日報文學獎・散文首獎

〈尸毗王〉獲台灣新聞報年度最佳・散文作家獎副獎

〈迴音谷〉獲八十一年度教育部文藝創作獎・散文第三名

〈我沒有喊過她老師〉獲第六屆新加坡金獅獎・散文首獎

〈人間〉獲第五屆中央日報文學獎・散文甄選獎

一九九五　第一本散文集《河宴》（台北：三民）獲文建會獎助出版

〈亂葬的記憶〉獲八十三年度教育部文藝創作獎散文第二名

〈門〉獲第一屆中央日報海外華文文學獎・散文首獎

《河宴》獲八十四年度新聞局圖書金鼎獎・推荐優良圖書獎

一九九六　就讀國立台灣師範大學國文所博士班
主編《馬華當代散文選（一九九〇—一九九五）》（台北：文史哲）
主編《國文天地》獲八十五年度新聞局．雜誌金鼎獎
〈漸漸死去的房間〉獲第八屆中央日報文學獎．散文第二名

一九九七　出版碩士論文集《莫言小說：「歷史」的重構》（台北：文史哲）
〈門〉、〈茶樓〉、〈外公〉獲第四屆星洲日報花蹤文學獎．散文推薦獎
〈蝣林，文明的爬行〉獲第一屆華航旅行文學獎．優等獎
〈給時間的戰帖〉獲第十九屆聯合報文學獎．散文第一名
〈垂釣睡眠〉獲第二十屆中國時報文學獎．散文首獎
〈說話〉獲第十屆梁實秋文學獎．散文第三名

一九九八　八月，擔任元智大學中語系專任講師
〈垂釣睡眠〉獲九歌年度散文獎

〈熱島嶼〉獲第二屆華航旅行文學獎・佳作

出版第二本散文集《垂釣睡眠》（台北：九歌）

一九九九 〈芝麻開門〉獲第二十二屆中國時報文學獎・散文獎評審獎

〈凝視〉獲第五屆星洲日報花蹤文學獎・散文佳作

二〇〇〇 博士畢業，八月，擔任元智大學中語系專任助理教授

出版第三本散文集《聽說》（台北：九歌）

與陳大爲主編《馬華文學讀本Ⅰ：赤道形聲》（台北：萬卷樓）

獲第四十一屆中國文藝獎章

《聽說》獲中央日報「出版與閱讀二〇〇〇年十大好書」

《垂釣睡眠》、《聽說》獲第四屆馬華優秀青年作家獎

二〇〇一　《聽說》獲八十九年度新聞局圖書金鼎獎．推荐優良圖書獎
〈路燈老了〉獲第六屆星洲日報花蹤文學獎．散文推荐獎
獲第十八屆吳魯芹散文獎
出版博士論文集《亞洲華文散文的中國圖象》（台北：萬卷樓）
與陳大爲主編《天下散文選Ｉ，II：一九七〇—二〇〇〇台灣》（台北：天下文化）
簡體版散文自選集《垂釣睡眠》（成都：四川文藝）在大陸出版

二〇〇二　出版第四本散文集《我和我豢養的宇宙》（台北：聯合文學）
出版散文繪本《枕在你肚腹的時光》（台北：麥田）
與周芬伶主編《台灣現代文學教程２：散文讀本》（台北：二魚文化）

二〇〇三　出版散文繪本《路燈老了》（台北：麥田）
出版人物傳記《靈鷲山外山：心道法師傳記》（台北：遠流）

二〇〇四　出版簡體版散文繪本《枕在你肚腹的時光》（上海：友誼）
出版論文集《無盡的追尋：當代散文的詮釋與批評》（台北：聯合文學）
與陳大為、胡金倫主編《馬華文學讀本II：赤道回聲》（台北：萬卷樓）
與陳大為主編《天下散文選III：一九七〇—二〇〇三大陸及海外》（台北：天下文化）

二〇〇五　八月，擔任元智大學中語系專任副教授
出版第五本散文集《飄浮書房》（台北：九歌）
簡體版散文精選《驚情》（廣州：花城）在大陸出版
與陳大為主編《天下小說選I，II：一九七〇—二〇〇〇世界中文小說》（台北：天下文化）

二〇〇六　主編《九十四年散文選》（台北，九歌）、《因為玫瑰：當代愛情散文選》（台北：聯合文學）

與陳大爲主編《二十世紀臺灣文學專題I：文學思潮與論戰》、《二十世紀臺灣文學專題II：創作類型與主題》（台北：萬卷樓）

二〇〇七　出版第六本散文集《野半島》（台北：聯合文學）

出版散文精選集《島嶼紀事》（濟南：山東文藝）

與陳大爲主編《馬華散文史讀本：一九五七—二〇〇七》

二〇〇八　出版第七本散文集《陽光如此明媚》（台北：九歌）

出版論文集《內斂的抒情：華文文學論評》（台北，聯合文學）

二〇〇九　八月，擔任元智大學中語系專任教授

出版論文集《馬華文學史與浪漫傳統》（台北：萬卷樓）

出版翻譯繪本作品《我相信我能飛》（台北，格林）

出版論文集《經典的誤讀與定位：華文文學專題研究》（台北：萬卷

樓）

二〇一〇　與陳大爲主編《天下散文選I，II：臺灣卷》、《天下散文選III：大陸與海外卷》、《天下小說選I：臺灣及海外卷》、《天下小說選II：大陸卷》（台北：天下）、《馬華新詩史讀本：一九五七—二〇〇七》（台北：萬卷樓）

二〇一一　出版散文精選《鍾怡雯精選集》（台北：九歌）

二〇一二　主編《九歌一〇〇年散文選》（台北：九歌）

二〇一三　與陳大爲主編《二十世紀中國文學史專題》（台北：萬卷樓）
主編《中國新詩百年大典：第十四卷》（武漢：長江文藝）

二〇一四 與陳大爲主編《當代西藏漢語文學精選：一九八三－二〇一三》

出版第八本散文集《麻雀樹》（台北：九歌）

二〇一五 八月至二〇二一年七月，擔任元智大學中語系系主任

出版散文精選集《捱日子》（南京：江蘇鳳凰文藝）

二〇一六 出版論文集《雄辯風景：當代散文論I》、《后土繪測：當代散文論II》（台北：聯經）

與陳大爲主編《犀鳥卷宗：砂拉越華文文學研究論集》（桃園：元智大學中語系）

二〇一七 出版論文集《永夏之雨：馬華散文史研究》（吉隆坡：馬大中文系）

與陳大爲主編《厚土在下：當代中國鄉土小說研究論集》、《玄天在上：新世紀大眾小說研究論集》（桃園：元智大學中語系）

二〇一八　〈昨日的世界〉獲第二屆三毛文學獎單篇散文大獎
與陳大為主編《華文小說百年選．臺灣卷》、《華文文學百年選．香港卷》、《華文散文百年選．臺灣卷》（台北：九歌）

二〇一九　與陳大為主編《華文新詩百年選．臺灣卷》、《華文文學百年選．馬華卷壹：散文》、《華文文學百年選．馬華卷貳：小說、新詩》《華文小說百年選．中國大陸卷》、《華文散文百年選．中國大陸卷》、《華文新詩百年選．中國大陸卷》（台北：九歌）、《馬華文學批評大系》（全十一卷）（桃園：元智大學中語系）

二〇二一　與陳大為主編《月出天山：當代新疆漢語文學研究論集》、《日落維港：當代香港文學研究論集（桃園：元智大學中語系）

二〇二二　出版論文集《翦影之秘：當代中國散文研究》（吉隆坡：馬大中文系）

相關評論索引

【學術論文】

陳慧樺〈她的靈氣點亮了她的文字意境——鍾怡雯散文的敘述策略〉，《文訊》第一一四期（一九九五／四），頁七—一〇。

辛金順〈烏托邦的祭典——解讀鍾怡雯《河宴》中的童年書寫〉，《中國現代文學理論季刊》第九期（一九九八／三），頁一三〇—一四四。

吳禮權〈平淡情事藝術化的修辭策略——試論華裔女作家鍾怡雯的散文語言特色〉，《徐州師範大學學報》第二十五卷第二期（一九九九／六），頁五十四—五十七。

徐國能〈散文新視野：論鍾怡雯的雄辯與解構〉，《香港文學》第二二七期（二〇〇三／十一），頁十七—二十二。

黃恩慈〈狸奴獨語——鍾怡雯散文初探〉，收入清華大學台文所編《第一屆台灣文學研究生研討會論文集》（台南：國家台灣文學館，二〇〇四），頁二二九—二四四。

徐　學〈鍾怡雯散文的感動與知性——兼談女性文學〉，收入黃萬華、戴小華編《全球語境·多元對話·馬華文學——第二屆馬華文學國際學術會議論文集》（濟南：山東文藝出版社，二〇〇四），頁三九一—四〇二。

王葦婷、陳姿穎〈自我的追尋——論鍾怡雯《野半島》〉，《桃園農工學報》第七期（二〇一二／四），頁一六七—一七三。

陳慶函〈我離開，我回望：鍾怡雯散文中的出走與回歸〉，《東華中國文學研究》第十一期（二〇一二／十），頁一八一—一九八。

李婉寧〈女性散文中的家屋書寫：以柯裕棻、張惠菁、鍾怡雯爲討論對象〉，《彰女學報》第一期（二〇一三／六），頁二七—三八。

【一般評論】

陳慧樺〈「島嶼」爲烏托邦的翻版？〉，《幼獅文藝》第四五一期（一九九一／七），頁九〇—九十一。

林　青〈所羅門的指環——評鍾怡雯的散文兼作本專欄的回顧〉，《萌芽》一九九三年第十期（一九九三／十），頁五十六—五十七。

賴佳琪〈鍾怡雯：寫作和眞實應該分開〉，《文訊》第一三七期（一九九七／三），頁四八—四九。

余光中〈貍奴的腹語——讀鍾怡雯的散文〉，《聯合報．聯合副刊》（二〇〇〇／七／十六—十七）。

保　眞〈難以歸類的散文集——《聽說》〉，《青年日報》（二〇〇二／一／十二）。

王昌煥〈鍾怡雯〈芝麻開門〉的思維圖景〉，《國文天地》第二〇九期（二〇〇二／十），頁四—七。

黃恩慈〈油棕園傳來的獨語——訪評鍾怡雯〉，《幼獅文藝》第六一三期（二〇〇五

／一），頁七十二—七十八。

黃恩慈〈高中國文可以這樣讀——打開哪一扇「門」？：談鍾怡雯的〈芝麻開門〉〉，《幼獅文藝》第六一六期（二〇〇五／四），頁八十八—九十一。

張瑞芬〈我和我的小女生——論鍾怡雯散文〉，《聯合文學》第二五四期（二〇〇五／十二），頁一一五—一一九。

李　李〈鍾靈毓秀的馬華女作家——談鍾怡雯其人其文〉，《大紀元》（二〇〇五／十二／三）。

陳伯軒〈別有天地——論鍾怡雯散文原鄉風景的構成與演出〉，《中國現代文學》第九期（二〇〇六／六），頁一八一—一九七。

劉德玲〈鍾怡雯散文中的老人形象〉，《國文天地》第二五九期（二〇〇六／十二），頁六一—六七。

邱詩羽〈原鄉與異鄉——論李欣倫與鍾怡雯的中壢書寫〉，《國文經緯》第七期（二〇一一／十二），頁九七—一一〇。

王韋婷〈鍾怡雯散文中的臺灣圖像〉，《國文經緯》第七期（二〇一一／十一），頁一一一—一二八。

【書評】

洪淑苓〈評鍾怡雯《垂釣睡眠》〉，《中國時報．開卷版》（一九九八／四／二）。

張春榮〈幽獨中的熱鬧——讀鍾怡雯《垂釣睡眠》〉，《文訊》第一五一期（一九九八／五），頁十六—十七。

陳昌明〈語言之重，生活之輕——鍾怡雯《垂釣睡眠》〉，《聯合報．讀書人》（一九九八／四／十三）。

張曉風〈充滿個人色彩的一本散文《垂釣睡眠》〉，《中國時報》（一九九八／十／二十五）。

張春榮〈評鍾怡雯《垂釣睡眠》〉，《一九九八台灣文學年鑑》（台北：文建會，一九九九），頁二五八—二五九。

風信子〈失眠，也別有番況味——鍾怡雯《垂釣睡眠》〉，《青年日報．書香天地》（二〇〇〇／六／十）。

許悔之〈溫柔長吉女兒身——鍾怡雯《聽說》〉，《聯合報・讀書人》（二〇〇〇／八／十四）。

顏崑陽〈由小見大，化實爲虛——鍾怡雯《聽說》〉，《中央日報・中央閱讀》（二〇〇〇／九／四）。

焦　桐〈善變的花腔女高音——鍾怡雯《聽說》〉，《中央日報・出版與閱讀》（二〇〇〇／十一／十三）。

李奭學〈散文哪吒〉，《中央日報・中央副刊》（二〇〇一／七／十二）。

李奭學〈人貓傳奇評——鍾怡雯《我和我豢養的宇宙》〉，《自由時報・自由副刊》（二〇〇二／五／十六）。

唐　捐〈吾貓即宇宙，宇宙變寵物——鍾怡雯《我和我豢養的宇宙》〉，《中央日報・中央副刊》（二〇〇二／七／一）。

徐國能〈安樂之書——鍾怡雯《我和我豢養的宇宙》〉，《聯合報・讀書人》（二〇〇二／七／十四）。

黃宗慧〈戀物情深的宇宙觀——讀鍾怡雯《我和我豢養的宇宙》〉，《聯合文學》第二一五期（二〇〇二/九）頁一五六—一五八。

李奭學〈薪火相傳——評鍾怡雯《無盡的追尋：當代散文的詮釋與批評》〉《文訊》第二三〇期（二〇〇四/十二），頁十四—十五。

徐國能〈學問的柔軟度——鍾怡雯《無盡的追尋》〉，《聯合報·讀書人》（二〇〇四/十二/二十六）。

劉德玲〈鍾怡雯散文中的譬喻——以《垂釣睡眠》一書爲例〉，《中國語文》（二〇〇六/四），頁七二—七六。

柯品文〈細評鍾怡雯《陽光如此明媚》中陽光底下的陰影、死亡與失去〉，《全國新書資訊月刊》第一一三期（二〇〇八/五），頁四七—五〇。

黃美榆、葉衽櫟〈貓足輕躡，光陰飛梭——鍾怡雯《垂釣睡眠》〉，《明道文藝》第三九七期（二〇〇九/四），頁七九—八三。

李容瑋〈與家族的對話——鍾怡雯散文中的老大情結〉，《文學前瞻》第十九期（二〇一九/七），頁一五—三一。

江品儀〈鍾怡雯《垂釣睡眠》之詩性研究〉，《文學前瞻》第二十期（二〇二〇/

十一），頁一五—二八。

鍾　怡　雯　作　品　集　9

垂釣睡眠

國家圖書館出版品預行編目（CIP）資料

垂釣睡眠 / 鍾怡雯著 -- 三版 . -- 臺北市：
九歌出版社有限公司 , 2023.01
面；　公分 . -- (鍾怡雯作品集 ; 9)

ISBN 978-986-450-522-7(平裝)

855　　　　111020257

作　　者——鍾怡雯
創 辦 人——蔡文甫
發 行 人——蔡澤玉
出版發行——九歌出版社有限公司
臺北市八德路 3 段 12 巷 57 弄 40 號
電話 / 25776564 傳真 / 25789205
郵政劃撥 / 0112295-1

九歌文學網　www.chiuko.com.tw

印　　刷——晨捷印製股份有限公司
法律顧問——龍躍天律師 · 蕭雄淋律師 · 董安丹律師
初　　版——1998 年 3 月 10 日
三　　版——2023 年 1 月
定　　價——300 元
書　　號——0110509
I S B N——978-986-450-522-7
9789864505265（PDF）